世界传世经典阅读吧

歌德的谈话

张秀章　解灵芝　编

吉林人民出版社

图书在版编目(CIP)数据

歌德的谈话 / 张秀章, 解灵芝编. —— 长春：吉林
人民出版社, 2012.4
　　(世界传世经典阅读吧)
　　ISBN 978-7-206-08746-2

Ⅰ. ①歌… Ⅱ. ①张… ②解… Ⅲ. ①歌德,
J.W.V.(1749~1832)–语录 Ⅳ. ①I516.64

中国版本图书馆CIP数据核字(2012)第068104号

歌德的谈话
GEDE DE TANHUA

编　　者：张秀章　　解灵芝
责任编辑：王　丹　　　　　　封面设计：七　洱
吉林人民出版社出版 发行（长春市人民大街7548号　邮政编码：130022)
印　　刷：北京市一鑫印务有限公司
开　　本：670mm×950mm　　1/16
印　　张：13.5　　　　　　　字　　数：160千字
标准书号：978-7-206-08746-2
版　　次：2012年4月第1版　　印　　次：2023年6月第3次印刷
定　　价：48.00元

目　录

爱 国

　　什么叫作爱国，什么才是爱国行动呢？一个诗人只要能毕生和有害的偏见进行斗争，排斥狭隘观点，启发人民的心智，使他们有纯洁的鉴赏力和高尚的思想情感，此外他还能做出什么更好的事吗？还有比这更好的爱国行动吗？

《歌德谈话录》

　　专一属于你的这个国家，
　　只向你呈现最高的繁华，
　　即使全世界都是你的领土，
　　你爱祖国也会超过其他。

《浮士德》

　　在祖国的怀抱里，
　　把你喜爱的抒写出来！
　　那儿有爱情的羁绊，
　　那儿有你的世界。

《格言诗》《德国诗选》

我们为祖国服务，也不能都采用同一方式，每个人应该按照资禀，各尽所能。

《歌德谈话录》

学校老师每天都写拉丁文、说拉丁语。他们骄傲得好像自己是最高尚、最上等的人类。

《箴言与省察》

不知道外国语言的人，对自己本国语言也同样无知。

《箴言与省察》

每个人都能说话，也都能借着自己的母语来讨论事情。

《箴言与省察》

一个国家的母语力量，并不足以排斥外国的东西，充其量只能将它们融合。

《箴言与省察》

我诅咒那些所谓含蓄的言辞、意思微妙的言辞及不使用外国言辞的所有消极性纯粹主义者。

《箴言与省察》

爱国心与爱国行为究竟是什么意思呢？有一个作家毕生以对抗有害的偏见、去除偏狭的见解、启发国民的精神、净化国民的兴趣、提升国民的感情与思想等工作，为其努力的目标。为什么他能做以上的事呢？又为什么他能为爱国而奋斗呢？

《艾克曼·对话》

"还有一点，什么叫作爱国，什么才是爱国行动呢？一个诗人只要能毕生和有害的偏见进行斗争，排斥狭隘观点，启发人民的心智，使他们有纯洁的鉴赏力和高尚的思想情感，此外他还能做出什么更好的事吗？还有比这更好的爱国行动吗？向一位诗人提出这样白费力的不恰当的要求，正像要求一个军团的统帅为着真正爱国，就要放弃他的专门职责，去卷入政治纠纷。一个统帅的祖国就是他所统率的那个军团。他只要管直接与他那个军团有关的政治，此外一切都不管，专心致志地去领导他那个军团，训练士兵养成良好的秩序和纪律，以便在祖国处于危险时成为英勇的战士，那么，他就是一个卓越的爱国者了。

《歌德谈话录》

作为一个人和一个公民，诗人会爱他的祖国；但他在其中发挥诗的才能和效用的祖国，却是不限于某个特殊地区或国度的那种善、高尚和美。无论在哪里遇到这种品质，他都要把它们先掌握住，然后描绘出来。他像一只凌空巡视全境的老鹰，见野兔就抓，不管野兔奔跑的地方是普鲁士还是萨克森。

《歌德谈话录》

人类·自然

如果世界要求人类应该完成所有的事情时，人类必须实际考量自己的能力。

《箴言与省察》

人类最好去自己想去的地方。人类最好去做自己想做的事。

但是人类一定会从自然所描绘的道路上折返。

《诗与真实》

可以将自己生命的终点与出发点相结合的人，是最幸福的人类。

《箴言与省察》

你们将被命名为人类。

也由这个名字了解人类。

但是，较有远见的，还得是身为人类的。

而得不到命名的，也同样还是人类。

《诗集》

人类并不只是为了解决世界各种不同的问题而生。实际上，首先必须先找出问题的起源，然后停留在有把握的空间里，继续生存下去。

《歌德谈话录》

人类啊！志节高尚，

慈悲又善良！

就以这些我们所知道的事情

来区别人类。

我们有预感

那祝福未知的高度存在！

人类，就像那些存在！

学习现在的人类

我们也相信高度存在。

《诗·神性》

人类大都将自己的世纪（年代），看成是无意识活动的器官。

《箴言与省察》

人类最大的功绩就是尽可能不受外界支配，并尽可能地支配外界。而这个世界在我们前面，就像大型的采石场在建筑师的前面一样。建筑师的本领就在利用这些偶然形成的自然大石块，尽可能符合经济与完成目标的条件，小心谨慎地完成自己心目中理想的模型。

在我们外部的一切东西，不！应是在我们周遭的一切，都只是材料。但是，在我们的内心深处，有一股创造美好事物的创造力，不管将这些材料放在外部，或把它放在身体周遭，所表现出来的都是，这股永不停息的创造力。

《美丽灵魂的告白》

所谓伟大的人，只是表示他的体积较大罢了。他所拥有的优点与缺点和那些卑微的人，并没有什么两样，只是他们能承受的容量较大罢了。

《比德曼·对话》

身份的高低一点也不重要。重要的是，人必须经常接受人性的洗礼。

《箴言与省察》

如果说不知道的话，那我们对于太阳、月亮、星星而言，还真是个什么都不懂的小孩。但是，当我们抬头仰望它们，看着它们有规律且不可思议地运行时，忽然觉得就像自己身处其中。不！应该说是，当我们仰望它们时，总会觉得在自己的身体中产生了某种非常奇妙的东西。

《箴言与省察》

我们的天性里，没有能与德共存的缺点，也没有能与缺点共存的德。

《遍历时代》

人类一看见自己周围各种不同的对象时，立刻会观察他们与自己有何种关系。这是理所当然的，因为人类的命运与那些对象是否喜欢自己或讨厌自己，引诱自己或叛离自己，对自己有益或对自己有害，有着相当重要的关系……但是也由于如此，人类才会暴露了犯错的危险。

《箴言与省察》

我们自己的遭遇，有时由上帝操纵，有时由恶魔操纵，而重叠了无数的错误。但是实际上，由善、恶两个不同世界诞生的我们，本身就包含了一个谜。

《箴言与省察》

我的内心里，唉！住了两个灵魂，

这两个灵魂都想离开对方。

一个燃烧着激烈的爱欲，

缠绕着官能，紧紧地抱住现代不放；

另一个则尽可能地遁离尘世，

追随着志节高尚的先人灵魂。

《浮士德I》

只有靠努力不懈才能拯救我们。

《浮士德Ⅱ》

青春是拥有幸福的、令人羡慕的，不但接受常保新鲜活力的所有感觉，并且乐在其中。而这个明朗、喜悦的泉源，也会随着批判性见识的累积而逐渐枯竭。一度从这个乐园，从这个温暖的感性中被放逐的人类——就如同从伊甸园中被放逐的亚当。

《箴言与省察》

人类就像海。虽然拥有各种不同的名字，结果却只不过是盐水罢了！

《箴言与省察》

从今以后发生的任何事情都无法预测。但是恐怕我们以后再也没有办法这么快乐，因为没有一个人能自我满足，更没有大众会满足于不再有滥用权势的达官贵族后，那社会上已逐渐改善的风气与生活。人性如果能完全满足现状，社会上便毫无贪婪之气，呈现一幅完全社会的形态。但是，事实上永远无法实现这个梦想。人性永远意志不坚、摇摆不定，社会上永远有富人享乐、贫人受苦的情形。这或许是利己主义和嫉妒像坏心眼的恶灵在背后搞鬼吧！因此，党派之争永无停止之日。

《歌德谈话录》

人世间的一切都可以忍耐/只是好日子不能接踵而来。

《格言篇》

人类身上总有些习惯。人能借着这个习惯，在高兴的时候提高自己的兴致，忧郁时更能借它来鼓励自己。例如：每天读圣经或荷马诗集的习惯、欣赏纪念章或美丽绘画的习惯，或是聆听优美音乐的习惯等等。但是这些习惯的对象，必须是非常优秀或高品位的。重要的是，这样一来，不管何时何地都不会改变对它们的尊敬。

《与米勒的谈话》

人类并不知道"现在"的价值极高，也不知道其中生存的意义，但却渴望未来舒适的日子，并与过去的日子胡闹似的粉饰着各种状况。

《箴言与省察》

在人类善良的灵魂里，隐藏着自然的珍贵情感。它并不是只赞成自己的幸福，而是在别人的幸福中，不断地追求自己的幸福。

《箴言与省察》

何谓人类？这只不过是一个抽象概念罢了。从古至今，经过多次优胜劣败后，只有人类通过考验生存下来，今后能继续生存的，大概也只有人类吧！

《路德》

歌

德

即使是再不满足的人类，也可以在自己能力熟练的范围内完美地活动着。但是，如果缺乏适当的程度，再美丽的优点也会凋谢、废弃、破坏。这种不幸在近代更是频繁地出现，因为在极为急速的活动中，谁能彻底满足日益升高的各项现代要求呢？

《箴言与省察》

人类并不是完全照着先天与生俱来的禀赋生活着，还必须经过后天的栽培，才能继续地生存。

《箴言与省察》

人类有时会与社会命运及家庭命运相违。但是不可原谅的命运在拍打丰硕的谷束时，杂乱的只有稻草，谷粒根本不曾感觉到一丝的杂乱。谷粒会在脱谷的机器中，高兴地跳来跳去。不管将来会被送到制粉厂或仓库，它根本一点也不在乎。

《箴言与省察》

思想高傲的人类，相信自己远超过每个大人物。

《箴言与省察》

当人类反省自己肉体上与道德上的行为时，通常会发现自己生病了。

《箴言与省察》

我从父亲身上继承到魁梧的体格与

勤奋的生活方式。

我从母亲身上继承到活泼的个性与

享受幻想的乐趣。

前代的祖先爷爷们一定喜欢美人，

这个特点也经常在我身上表现出来。

前代的祖先奶奶们一定喜欢美丽的装饰品，

这个特点也经常在我的血液中跃跃欲出。

当无法从所有祖先的化合物中取出一个元素时，

就在所有的人物中形成了一个异数。

《泽明·克社宁》

歌德

人类自导自演自己的一生，但是在内心深处还是无法抗拒命运

的引导。

《箴言与省察》

人的心啊！

就如你，像水一样。

人的命运啊！

就如你，像风一样。

《诗集》

我是人类，

然而这却是意味着战斗的人类。

《西东诗集》

人对于各种不同的年节有一定的应对之道。儿童是实在论者，因为儿童确信自己的存在就如同梨子与苹果的存在一样。青年由于内心热情澎湃，方才第一次感觉到自己的存在，拥有自己的意识。青年由此转变成观念论者，但是壮者却有足够的理由成为怀疑论者，甚至也不得不怀疑自己为目标选定的手段是否正确。为了不让错误的选择造成终生的后悔，在行动之前及行动的同时，必须运用智慧考虑清楚。到最后，老年经常成为神秘主义的告白者。他们知道大部分的事情并不是一蹴可成，也许不合理的事情成功了，合理的事情反而失败了。幸福与不幸是不可预期、差别极大的两件事。世界上所有的事情都是如此……

《箴言与省察》

少年期，闭门造车、叛逆性，

青年期，自大、目中无人，

中年期，老成持重，

到了老年，心浮气躁、反复无常！

如果像这样念你的碑文，

那绝对是人！

《警世性》

人类若是以灵魂而非外在因素来处理自己的话，灵魂势必深切反省自己的内心。这刚好与音乐家面对乐器时的心境不谋而合。

《箴言与省察》

人类如果真的越变越低劣的话，届时除了高兴别人的不幸外，对于其他的事情也一概不感兴趣。

《箴言与省察》

人类，最易感兴趣的东西就是人类。恐怕也只有人类才会对人类感兴趣吧！

《学习时代》

人类在彼此认识的过程中，要同时拥有最好的意志与企图，并不是件容易的事。但是，如果在这上面再加以恶意的话，就完全扭曲了所有的苦心。

《箴言与省察》

拥有伟大的思想与清纯的心，是我们向诸神请求的最大愿望。

《遍历时代》

只要叫我们学习伟大的东西，我们就立刻逃进天生的贫乏中。然而，这也经常是我们获得学问的途径。

《箴言与省察》

人类，不但被地上千变万化的现象深深地吸引着，还怀着求真与憧憬的眼神凝视天空。天空在人类的生活空间上，如弓形般无限地延伸着，每当人类抬头仰望时，内心深处便深切且明确地盼望能成为天空，这个大世界中的市民。我们当然也无法抗拒这个信念，更无法放弃这个信念。在这个预感中，迈向未知的目标，是我们永远努力不懈的秘密。

《与米勒的谈话》

人类的灵魂就像经常耕作的田地。从国外邮购种子，进而筛选、播种，对一个精确谨慎的园艺家而言，大概是一件屈辱的工作吧！从拿到种子到进行筛选的工作，可以提早进行吗？

《克宁贝尔》

人类认为自己是创造的目标，其他的一切只不过是与自己有关系，而且只是供自己驱策使用罢了。人类把植物界、动物界的一切生物视为己有，并以其他的生物为食物；崇拜上帝，并称赞上帝的慈悲有如慈父的细心呵护。人类从母牛身上榨取牛乳，从蜜蜂身上取蜜，从羊身上剪下羊毛，将所有东西当作利己的目的，并认为东西是为了人的需要而被制造。人甚至认为无论多小的植物都是为人类而活的，所以人类正大光明地认为，即使现在不了解利用生物的方法，总有一天一定会知道的。

《歌德谈话录》

14

无论人怎么过着与世无争的生活，总是会在不知不觉中，变成债权人或债务人。

《箴言与省察》

只要有人公然批评本性，一定会引起人们的兴趣。

《箴言与省察》

植物学者曾经将某种植物命名为"不完全类"。同样地，也有称人类为不完全人类或未完全人类的。不能平衡于憧憬与努力、行为与工作的人，就属于这种人。

《箴言与省察》

人类真是不务实际的家伙！每个人都一样。当附近的人发生危险时，不去帮忙反而像出外参观一样高谈阔论、乐在其中；当大祸临头时，每个人则唯恐避之不及，争先出走。当可怜的犯人被判刑带往刑场时，谁都不想错过热闹，争相前往。在现代的社会，还有人把无罪难民的受难情形当成名胜古迹般，争相参观，而从没有人会认为这种相同的命运或许在不久的将来会降临在自己的身上。这种无可救药的肤浅，也许就是人类的天性吧！

《荷曼与多萝莉亚》

人类真是"知其道，却不知起而行"的生物。

歌德

《意大利游记》

他（浮士德）现在什么事也不做，专心一意地侍奉着我，

这种情形不久就会逐渐明朗。

就像花匠，只要幼苗萌出绿芽，

就能一目了然地，看出开花结果的时间。

《天上的序曲》

那个男子（浮士德）想从天上摘下最美的那颗星，

想登上地上的极乐点。

但是无论是最近的还是最远的，

都无法满足他沸腾的心底。

《天上的序曲》

静静地保持清醒的自己，

任凭自己的周围荒芜。

只要你越来越认为自己是人类，

你就越来越像上帝了。

《泽明·克社宁》

我（曼菲斯特）只希望看到人类无缘无故地受苦。

人类和地上的小神总是同属一型，

和开天辟地时的太阳一样，永远不变地存在着。

虽然祢（主）不能给我像太阳一样的天空、光与热，

至少给我像样一点的生活。

人类称那种光与热为理性，

也使得野兽更像野兽。

……

看到人类每天受苦，真是可怜。

连我，也变得不喜欢作弄他们。

《天上的序曲》

人类经常迷失自己。在迷失的期间，经常是什么都想要。

《箴言与省察》

　　人类在生长过程中，必须经过各种不同的阶段。所以，在每个阶段中也都有独到的优点与缺点。这些优点与缺点在那个时期里，绝对是必然且正确的，但是到了下一个阶段，则可能完全变了。以前的优点与缺点可能已烟消云散，由其他的优点与缺点代替。如此持续不断地重复着，终于，到达无法预测的最后变化。

《歌德谈话录》

　　在人类的天性中，存有一股不可思议的力量。即使在我几乎绝望时，这股不可思议的力量也会为我们准备退路。在我的生命旅途中，曾经数次含泪入梦，届时，梦中会浮现世间善良的一面，安慰我、鼓舞我，使我在第二天早上又朝气蓬勃、神气活现地，再度快

乐起来。

《歌德谈话录》

　　我认为人类根本无法了解自己本身的优缺点，更无法纯粹客观地观察自己。而别人对自己的认识，总是超过自己对自己的了解。我们只知道外界与自己本身的关系，并且只能对这种关系做最正确的评价。所以，我们不得不把自己局限在那个狭小的点上。

《与米勒的谈话》

　　事物与事物的各种关系是最真实的。错误只有人类才会发生。而人类唯一的真实就是犯下错误而无法找出自己与他人、事物间的正确关系。

《箴言与省察》

　　人绝不可能被人欺骗。根本是自己骗自己。

《箴言与省察》

　　鸟与野兽只能受教于器官，而人却能训练器官、支配器官。

《箴言与省察》

　　人类经常必须为所为而为之。

《箴言与省察》

当气氛凝重，警觉到现代的悲惨时，心里总是觉得世界末日将近了。灾祸是会一代一代累积的，所以我们不能只烦恼祖先的罪恶，因为千古以来的罪恶及这一代自己的罪孽，都会降临在后代子孙的身上。

《歌德谈话录》

自我性的人类从某方面说，还是相当善良的，而且只适用于下述的情形——即包含着坚硬果核的外皮，在偶然的作用下转变成柔软的时候。

《箴言与省察》

我们从上帝及自然手上收到的最大礼物就是生命。也就是说，从不停止休息的元素，围绕生命不停地做着回转运动。而这种爱护生命、保育生命的本身，是每个人与生俱来，不容破坏的天赋。但是，生命的本质对你我而言，是一个永恒的神秘。

《箴言与省察》

当人在克尽义务之后，经常会觉得有些美中不足的地方。这是由于人类绝不可能百分之百自我满足。

《箴言与省察》

活动是人类最重要的使命，所以除了不得不休息之外的其他时间，都必须用来认识外界的事物，而这些认识也可以帮助我们容易处理即将到来的活动。

《美丽灵魂的告白》

我认为上帝已经厌倦人类，并将破坏一切，使生物从头做起。虽然这一切已被定案，但是我确信在遥远的将来，一定会重返原始的时代。不过，这还需要一段相当长的时间。因此，我们还有几千万年的时间，可以在我们熟悉的老地球表面上游戏、生活。

《歌德谈话录》

园丁说："要怎样征服麻雀好呢？""此外，毛虫、甲虫、鼹鼠、跳蚤、蜂、蛆等，这一类的恶魔都应该消除。""还是把它们都放了，让它们自相残杀，自己灭亡吧！"

《诗·巴吉斯的预言》

对于该完成的事，空有精神，是谓无能力。
对于该完成的事，空有能力，是谓无精神。
既有精神又有能力，却常又不知该做什么才好。

《利玛》

世界是一个不断任凭人类直视、幻想、自由观察的一成不变之世界。人类生活在真实与错误中，并认为生活在错误中比在真实中来得轻松愉快。

《箴言与省察》

宙斯啊！我美丽的春梦全部没有实现。假如我憎恨生命，逃到荒野，是否有女子想念我呢？我坐在这里，人类却以我的形象制造雕像。似苦、似泣、似乐、似喜，全部都是生命中的各种情绪。

《普路美多斯》

人类经常以玩笑来掩饰缺点。

但是有这些缺点的人对社会有益且有用，而有其他缺点的人对社会有害且无用。赞美前者称之为"德"，挖苦后者称之为"不德"。

《箴言与省察》

人类的起源为何？所求又为何？每个人都不尽相同。社会，是坚定的人类最高的要求。所有强健的人应该互相都有关系。

《遍历时代》

所有的人类只要达到自由的境界，就会任由自己的缺点猖狂。

也就是，强者为所欲为，弱者懒惰倦怠。

《箴言与省察》

世纪在前进，但是人类还在起点刚刚开始而已。

《西东诗集》

歌德

历史性的人类感情在面对同时的功绩与评价时，也意味着包括过去教养的感情。

《箴言与省察》

感到畏惧，是人类拥有的最好习性之一。

《箴言与省察》

思索人类最美的幸福，就是穷尽可探索之物的究竟，安静推崇无可探索之物。

《箴言与省察》

人类常常想做一些不适合自己天分的事情，也企图想实行不让自己的手去做事。他内心的感情警告他打消这个念头，但是他并不十分了解自己，也不知道事情为什么会变成那样，只能经由错误的道路奔驰至错误的目的地……事实上，许多人都是这样浪费了他们一生中最美好的一部分，最后将自己陷入不可思议的忧郁中。但是，在错误的道路上，还是可能到达无价值的善的境界。这些都将在"威尔瀚·麦斯提尔"中开始明朗化，及被证实。

《麦斯提尔》

当人类用敏锐新鲜的感觉，密切地注意各种对象时，他们在精通于观察的同时，也倾心于这种行为。我热心于研究光与颜色的学说，但是由于这个研究，使我能与狠心不关心这些研究的人，共同来讨论能引起我兴趣的事情，所以才使我渐渐地认清我自己。

《以主体与客体为媒介的实验》

任何人只要拥有感动自己、喜悦、有益思考、自由等各种事物，都是件好事。但是，人类研究的真正对象，说穿了还是人类。

《亲和力》

忘恩负义经常是人类的一个弱点。但是，我还不曾看见有作为的人做出忘恩负义的行为。

《箴言与省察》

与人类一起活动就容易变得松懈，而且他们也不想追求绝对的无为与休息。所以，我（主）在人类中放置了一个朋友（曼菲斯特）来刺激他们，促使他们做一些恶魔做的工作。

《天上的序曲》

生气，不在人类允许的范围内。

《葛滋》

由于自己的缘故而不支配别人、不服从别人的人类，是伟大幸福的人类。

《箴言与省察》

万森　你们市民就是这样！你们就是这样苟且偷生；你们从你们祖先手里继承下你们的职业，你们就这样听凭官府统治你们，官府要怎样就怎样。什么惯例，什么历史，以及摄政的权限，你们一概不管；由于这种疏忽，西班牙人才能把罗网罩到了你们的头上。

《哀格蒙特》《歌德戏剧集》

玛克阿维尔　您这样性急地采取这种重大的步骤？

女摄政　比你想象的要困难得多。惯于统治的人，每天惯于把千万人的命运掌握在手里的人，从宝座上退位就像进入坟墓一样。可是比起像幽灵一般厕身于活人之间，徒有虚名地想占据一个已被他人继承了去、已被他人占有而享受的位置还要更胜一筹哩。

《哀格蒙特》《歌德戏剧集》

人类勉强地将自己拉离自己，只是徒然伤害自己、废弃自己。同时，这也是极不自然的事。

《诗与真实》

理解宇宙不可解之事物，是人类必须永远保持的信念。如果不如此，探讨的工作可能就永远停止了。

《箴言与省察》

传播自己的心意给别人是人类的天性，而原原本本地接受那些被传播的东西，则是教养的表现。

《箴言与省察》

世界是宽广、美丽的，但是我却由衷地高兴自己拥有一个小庭园。这个庭园虽小，却是自己的庭园，它的土地更不需要园丁的灌溉。倾心于自己庭园的人，拥有名誉、快乐与喜悦。

《歌德谈话录》

男人烦恼外界的事情，必须创造财富、保护财产、参与国家的行政，总是被周围的事情左右。一方面想支配，实际上又无法支配；一方面想理想些，但是又必须顾及政略；想要光明正大却又隐瞒；想要正直却又不得不说谎。为了不可能完成的目的，必须在瞬间放弃与自己最协调且最宝贵、钟爱的。

相反地，主妇却实际地支配内部。她们可以完成全家人所有的活动与所有的满足。我们除了实行信任正确与善念外，除了实际将有目的的手段归自己外，何处有人类至高的幸福？所以，除了在家里外，哪里有我们最接近的目的？因为不断地需求日常用物，所以，我们会经常在日常生活中，为了自己与家人准备厨房、地窖及各类的贮藏品。如此不断地实行这种正常活泼的秩序，是所有主妇必备的正确规则活动。

《学习时代》

人都不想跟别人一起生活，而且也不能为了任何人而生活。能正确地洞察这件事的人，不但对尊重自己的朋友大有心得，而且也不会因受迫害而憎恨自己的敌人。人类只要同意了反对自己者的优

歌德

点，就不容易得到重大的利益，那是因为，他已经给了他的反对者决定性的优越。

《警世性》

当陶醉于别人的好意时，不要忘记我们还是要真正充满朝气地活下去。

《箴言与省察》

在生活中，或是在学问中，都要勤奋地走在彻底纯粹优良的道路上。即使在途中遇到暴风雨及奔流，而把你强行拉离道路，但是它们仍然无法照自己的意思来支配你。如果你能更了解罗盘、北极星、测时计、太阳及月亮，你应该可以一边照着自己的方法，一面怀着寂静的喜悦，来完成你的道路。即使看见这个道路像环状般围绕起来，你也不会觉得厌烦。因为，所有环绕世界的航海者，都会很高兴地从原先出海的港口回家。

《泽明·克社宁》

我们是研究自然时的泛神论者，吟诗时的多神论者，道德上的一神论者。

《箴言与省察》

否定自然是神的器官的人，最好立刻否定所有的启示。

《箴言与省察》

　　我相信神与自然，也相信优胜劣败的至理名言。但是，信徒们并不以此而满足，他们更相信三位一体的说法，而这正是我的精神与爱真理的感情。

《歌德谈话录》

　　"自然将神隐藏起来！"有人这么说。但是谁都没有确实的理由。

《箴言与省察》

　　自然在伟恩歌尔曼的心中给予它制造人类、修饰人类的能力。而对于自然所赐予它的能力，它也奉献出它全部的生涯，来追求适合它的东西。完美的东西、有品位的东西、特别是与人类渊源颇深的艺术。

《伟恩歌尔曼与其世纪》

　　自然让每个孩子都来模仿自己，让那些愚者来批判它，毫不发怒地让他们来践踏千万遍，直到毁灭为止。但是，自然却以一切为喜，从一切磨炼中得到自己想要的。

《关于自然的断章》

　　自然的剧本经常换新，那是因为自然经常制造新观众。生命是自然最美丽的发明，死亡是自然为了延续大多数生命的技术。

《关于自然的断章》

自然正在演一幕戏，自然本身对这幕戏的看法如何，我们无从得知。但是自然是为了我们才演这幕戏的。我们总是站在一角看着这幕戏。

《关于自然的断章》

观察自然的人，

必须注意"一"与"全"。

自然里没有内部，外部也不存在，

而内部和外部是一模一样的。

努力不懈就能抓到这个"公开的秘密"。

看见真实的假象，

享受庄严自然的玩笑。

生命不是"单一的"，

生命必然是"丰富的"。

《神与世界》

我现在只想高呼自然！自然！实际上像莎士比亚这类的人物，并不属于自然的范围内……他与普洛美多斯竞相为人类造型，但是他笔下的人物，比普洛美多斯笔下的人物伟大得太多了。

《史特拉斯布鲁克时代的感想》

自然就是巩固。其步调正确，甚少有例外，而且有着不变的法则。

《关于自然的断章》

不论我们从哪一个角度来看自然，自然都是永无止境的。

《箴言与省察》

即使对自然严刑拷打，它仍然三缄其口。自然对于那些诚实的问题所做的正直回答：然也，然也，否也，否也。

《箴言与省察》

最不自然的东西就是自然。那些想尽办法都看不见自然的人，当然就无法正视自然。

《关于自然的断章》

自然令那些被造之物由无而生，却没有告诉它们来自何处，或是去何处，被造之物只要一味地走就行了。自然知道轨道。

《关于自然的断章》

我喜欢植物，玫瑰便是在德国自然界中最没有缺点的花，也是我最钟爱的花。虽然现在还不到四月底，不过我的庭园中已摆满了玫瑰。现在，我只要看到刚刚长出的绿叶，就觉得很满足了。一周后，看到茎上陆陆续续长出的叶子就满足了。五月时，看到花蕾更是满心欢喜。终于到了六月，玫瑰花带着浓郁的香味怒放着，那更是幸福得无与伦比。但是，如果无法耐心等待最后一刻的人，最好

歌
德

还是去温室看看现成的玫瑰花就好了。

《艾克曼·对话》

"我深深了解，自然往往展示出一种可望而不可攀的魅力，但是我并不认为自然的一切表现都是美的。自然的意图 ①固然总是好的，但是使自然能完全显现出来的条件却不尽是好的。

"拿橡树为例来说，这种树可以很美。但是需要多少有利的环境配合在一起，自然才会产生一棵真正美的橡树呀！一棵橡树如果生在密林中，周围有许多大树围绕着，它就总是倾向于朝上长，争取自由空气和阳光，树干周围只生长一些脆弱的小枝杈，过了百把年就会枯谢掉。但是这棵树如果终于把树顶上升到自由空气里，它就会不再往上长，开始向四周展开，形成一种树冠。但是到了这个阶段，树已过了中年了，多少年来向上伸展的努力已消耗了它最壮健的气力。它于是努力向宽度发展，也就得不到好结果。长成了，它高大强健，树干却很苗条，树干与树冠的比例不相称，还不能使树显得美。

"如果这棵橡树生在低洼潮湿的地方，土壤又太肥沃，只要有合适的空间，它就会过早地在树干四周长出无数枝杈，没有什么抵抗它或使它长慢一点的力量，这样它就显不出挺拔嶙峋、盘根错节的姿势，从远处看来，它就像菩提树一样柔弱，仍然不美，至少是没有橡树的美。

---

① 意图就是目的。歌德在这一点上受到康德的目的论的影响，康德认为一切事物不但各有原因，而且各有目的，也不以人的意志为转移。这当然还是先验论和命定论。

"最后，如果这棵橡树生在高山坡上，土壤瘦，石头多，它会生出太多的疖疤，不能自由发展，很早就枯凋，不能令人感到惊奇。"

我听到这番话很高兴，就说，"几年以前，我从格廷根到威悉河流域作短途旅行，倒看到过一些橡树很美，特别是在霍克斯特的附近。"

歌德接着说，"沙土地或夹沙土使橡树可以向各方面伸出苗壮的根，看来于橡树最有利。它坐落的地方还应有足够的空间，使它从各方面受到光线、太阳、雨和风的影响。如果它生长在避风雨的舒适地方，那也长不好。它须和风雨搏斗上百年才能长得健壮，在成年时它的姿势就会令人惊赞了。"

《歌德谈话录》

自然是不会委身于任何人的。当然对于大多数的人，自然总是采取年轻少女千娇百媚的姿态。一旦我们沉迷于它各种不同的魅力诱惑下，我们心底的防线已经在它完成目的的瞬间中，彻底瓦解了。

《歌德谈话录》

自然拥有无垠的多产性，并充满了所有的场所。光是观察地上的生物就绰绰有余了。而我们高喊不幸的起因是，自然根本不会给予所有罪恶与不幸发生的场所，更不可能给予罪恶与不幸，永续的条件。

《箴言与省察》

人类全部生活在自然的怀抱中，而自然更包含在世界万物中。

《关于自然的断章》

没有比研究自然更令人兴奋的事。自然的秘密是深不可测的，无论我们人类再怎么深入地观察，都是被允许的。但是当我们想彻底查明自然的结果时，反而更接近自然，更能获得新的观察与发现；然而这也就是自然永远的魅力。

《歌德谈话录》

将我安置在此的是自然。自然或许会带我到别的地方，我信赖自然。自然最好是喜欢我，它难道会讨厌自己的作品吗？

《关于自然的断章》

自然是一本活生生的书籍，虽然不可解，却是千真万确的，明明白白的一本书。

《箴言与省察》

自然中包含了永远的生、生长与活动，但是却不包含发展。自然永远不停地转变，但是绝不会在瞬间静止。自然不知道何谓静止，并且也诅咒静止。

《关于自然的断章》

自然是一个优秀的艺术家。它经由不为人察觉的努力，将最简单的素材，雕刻成最雄伟的对比，完成最伟大的艺术品，它经常给予这些作品某些温柔，以及最严谨的轮廓。

《关于自然的断章》

自然不断地建设，但也不断地破坏。自然的工厂真是令人捉摸不定。

《关于自然的断章》

自然不曾做过错事。自然本身也不曾传达过任何结果，它永远让自己行动正确，但也不告诉我们什么事才是应该做的。

《箴言与省察》

自然永远都以一种新姿态出现。现在所呈现的风貌是过去所没有的，而过去的风貌也无法再度重演——完全是新姿态，但经常是古老的。

《关于自然的断章》

自然！我们都置身于自然的怀抱中——我们无法从自然中往外踏一步，但是我们也无法向自然的深处更进一步。

《关于自然的断章》

我们虽然生活在自然的怀抱中，却一点也不了解自然。

自然一直不停地和我们说话，但却一点也不告诉我们它的秘密。

我们虽然不停地在自然中工作着，但却一点也拿自然没办法。

《关于自然的断章》

自然的极致就是爱。也只有爱，才能使人接近自然。

《关于自然的断章》

如果我没有在自然科学方面的辛勤努力，我就不会学会认识人的本来面目。在自然科学以外的任何一个领域里，一个人都不能像在自然科学里那样仔细观察和思维，那样洞察感觉和知解力的错误以及人物性格的弱点和优点。一切都是多少具有弹性、摇摆不定的，一切都是可以这样或那样处理的，但是自然从来不开玩笑，她总是严肃的、认真的，她总是正确的；而缺点和错误总是属于人的。自然对无能的人是鄙视的；她对有能力的、真实的、纯粹的人才屈服，才泄露她的秘密。

……

自然的每一个作品都有其特性。自然的每一种现象都有其孤立的概念，但是这些各自独立的东西，却能完成一个整体的东西。

《关于自然的断章》

我们总是无法凭借自己的知识或学问，完全透彻自然，亦无法将自然赶往一条狭窄的道路上，因为自然本身保有相当多的自由。

《箴言与省察》

自然就是无情。

太阳照耀善人，也照耀恶人，

而月亮和星星，

给予罪人和无辜者的光亮是相同的。

《诗集》

　　为什么我到头来还是最喜欢与自然来往呢？因为自然的正确与错误，经常专心一意地守在我身边。相反地，如果自然与人类交涉的话，就会持续不断地发生自然与人类之间的错误。更严重的是，自然发生的错误常导致它不知应该何时做决定。再反过来说，只要遵循自然的法则，所有的事自然而然地一蹴即成。

《箴言与省察》

　　歌德又说："……关键在于是什么样的人，才能做出什么样的作品。但丁在我们看来是伟大的，但是他以前有几个世纪的文化教养。劳兹希尔德家族是富豪，但是他们的家资不只是由一代人积累起来的。这种事情比人们所想到的要更深刻些。我们的守旧派艺术家们不懂得这个道理，他们凭着人格的软弱和艺术上的无能去模仿自然，自以为做出了成绩。其实他们比自然还低下。谁要想作出伟大的作品，他就必须提高自己的文化教养，才可以像希腊人一样，把猥琐的实际自然提高到他自己的精神的高度，把自然现象中由于内在弱点或外力阻碍而仅有某种趋向的东西实现出来。"

《歌德谈话录》

支配自然界的光与支配人伦界的精神，都是被公认为最高且不可分割的能量。

《箴言与省察》

歌德说："……已经发现许多杰作，证明希腊艺术家们就连在刻画动物时也不仅妙肖自然，而且超越了自然。英国人在世界上是最擅长相马的，现在也不得不承认有两个古代马头雕像在形状上比现在地球上任何一种马都更完美。这两个马头雕刻是希腊鼎盛时代传下来的。在惊赞这种作品时，我们不要认为这些艺术家是按照比现在更完美的自然马雕刻成的，事实是，随着时代和艺术的进展，艺术家们自己的人格已陶冶得很伟大，他们是凭着自己的伟大人格去对待自然的。"

《歌德谈话录》

所谓的自然，本来是很平凡的东西；而所谓的自我创造，也原本就是很平凡的东西。

《箴言与省察》

自然总是以独立的姿态面对所有的人。虽然藏身于无数的名字与言语的庇荫下，但经常是相同的东西。

《箴言与省察》

同时研究自然与自己，也不无理地强制自然与自己的精神。在调和的互相作用中，使两者能调和均衡，是人生一大乐事。

《箴言与省察》

自然喜欢保持自由。

因此，即使自然不出面干涉，我们拥有再高的知识与学问也无法追上自然。

《箴言与省察》

自然毫不在意错误，它永远只做正确的事；它也不关心会产生什么结果。

《箴言与省察》

自然是完全的，但也经常是未完成的。只要自然下定决心实行的话，一定能实现。

《关于自然的断章》

自然是一个策略家，但是它的目的绝对是善良的。

而在自然的策略中，最不引人注目的，通常是最好的。

《关于自然的断章》

自然拥有一副简单的翅膀，它们绝不会因为时间而磨损、损坏，它们总是有效且多彩多姿地舞动着。

《关于自然的断章》

自然无法开口，也无法说话，但是它创造了舌头与心，借着他们来感觉、来说话。

《关于自然的断章》

自然是善良的。我赞美自然与他的所有作品。自然是聪明而无言的。人无法从自然的口中套出生命的由来，也无法逼迫它给予其他的赠品。

《关于自然的断章》

自然就是一切。自然报答自己、惩罚自己、喜欢自己、也苦恼自己。自然是粗暴的，但也是温柔的，似爱、似惧、似毫无力量，但却又具有全能的力量。

《关于自然的断章》

即使人想试着反抗自然，但终究还是遵循自然的法则。即使人想试着与自然对抗，但终究，人还是和自然相互配合地工作。

《关于自然的断章》

自然是深思的，而且经常是熟虑的。但是人类却不同，他们通常是顺其自然的。

《关于自然的断章》

我先写下一句："泰初有道"！

哦呀，已经窒塞着，译不下去了！

这"道"字未免太不分明，

我要另选择一个，仰仗神兴。

我把它改译成："泰初有心"……

慎重吧，这头一句要非常留神！

"心"怎么能够创化出天地万物？

这应该译成为："泰初有力"！

但当我把"力"字刚写在纸上，

我已经发觉，意思还不恰当。

哈哈，笔下如有神！我豁然领会。

我称心地译作："泰初有为！"

《浮士德》

我在手稿中查出一篇文稿，里面说到建筑是一种僵化的音乐。这话确实有点道理。建筑所引起的心情很接近音乐的效果。

"高楼大厦是盖给王公富豪们住的。住在里面的人们觉得安逸满足，再也不要求什么别的了。我的性格使我对此有反感。像我在卡尔斯巴德的那座漂亮房子，我一住进去就懒散起来，不活动了。一所小房子，像我们现在住的这套简陋的房间，有一点杂乱而又整齐，有一点吉卜赛流浪户的气派，恰好适合我的脾胃。它使我在精神上充分自由，能凭自力创造。"

《歌德谈话录》

　　"假如我没有造型艺术和自然科学的基础，我面对这个恶劣时代及其每天都发生的影响，就很难立定脚跟，不屈服于这些影响。幸好造型艺术和自然科学的基础保护了我，我也可以从这方面帮助席勒。"

《歌德谈话录》

歌

德

人生·荣辱

我认为人生在世，仅此一遭，一个人要有力量和前途，也仅此一遭！谁不好好利用一番，谁不好好大干一场，那就是傻瓜。

《克拉维戈》《歌德戏剧三种》

只有经历过人生的辛劳才知道人生的真价。

《托尔夸托·塔索》《歌德戏剧集》

人生一世不就是为了化短暂的事物为永久的吗？要做到这一步，就须懂得如何珍视这短暂和永久。

《歌德的格言与感想集》

生命的全部奥秘就在于为了生存而放弃生存。

《歌德的格言与感想集》

要注意留神任何有利的瞬时，机会到了，莫失之交臂！

《浮士德》

一个人精神的阴郁和爽朗就形成了他的命运！

《歌德谈话录》

你若失去了财产——你只失去了一点儿，

你若失去了荣誉——你就失掉了许多，

你若失去了勇敢——你就把一切都失掉了！

《论文学·艺术与科学》

很多人足够聪明，有满肚子的学问，可是也有满脑子的虚荣心，为着让眼光短浅的俗人赞赏他们是才子，他们简直不知羞耻，对他们来说，世间没有什么东西是神圣的。

《歌德谈话录》

幸福与美不能长久联合在一起。

《浮士德》

最大的幸福在于我们的缺点得到纠正，和我们的错误得到补救。

《格言和感想集》

认为幸福是人生目的的人，往往是比较仁慈的，而提出其他目的的人，不知不觉地常常受残忍和权力欲的支配。

《格言和感想集》

人生最大的幸福，以及最丰富的收获，乃是心地善良而快活。

《诗歌集·宴会问答》

能把自己生命的终点和起点连接起来的人是最幸福的人。

《格言和感想集》

愿望是奉承我们的，人们和它相识之后，它就占领了人们的心灵。

《说不尽的莎士比亚》

谁若游戏人生，他就一事无成；谁不能主宰自己，永远是一个奴隶。

《格言诗》

理论是灰色的，而生命之树常绿。

《浮士德》

荣誉不能寻找，任何追求荣誉的做法都是徒劳的。

《歌德的格言与感想集》

名人气质常常被认为是利己主义。

《箴言与省察》

人类智慧的最后一句话是："欲战胜自由与生活者，必须每天接受新的挑战。"

《浮士德Ⅱ》

人们以为他掌握着自己的生命和支配自己的行动，而他的生存却无可挽回地受着天命的控制。

《歌德的格言与感想集》

我一生中无法分离的倾向已经开始萌芽了。

也就是——使我高兴、痛苦，又夺走我的心，如今已变成一种形象与我和解，并借此矫正自己对外在事情的观念，同时又稳定自己心情的这种倾向，已经开始萌芽。这种天分对于像我这种由极端走向极端天性的人而言，最为迫切需要。

《箴言与省察》

时代是在前进，但人人却都是在重新开始。

《歌德的格言与感想集》

世间人总是称赞我为命运的宠儿。我也不想发牢骚或抱怨过去，但是结果总是我的过去里充满了劳苦与工作。

所以我只要活过七十五岁我就很高兴了，而这也不过剩下一个月的时间。而我就像不停地想把一颗石头往上举一样，如果你们看

了我的自传就可以了解我说的话。不论内在或外在的活动，别人都
要求我做得太多了。

《艾克曼·对话》

只能自由地呼吸，还不能真正地称为人生。无益的人生还不如
早点死了好。

《伊凡歌尼》

人啊！最好学习古代人，尤其是苏格拉底学派的伟大思想。这
个学派把一切生活与行为的根源及准则，以目视为标准，不会满脑
子空想；并劝人生活与行为必须正大光明。

《箴言与省察》

歌
德

谁要游戏人生，他就一事无成；谁不能主宰自己，谁永远是一
个奴隶。

《成功者的奥秘》

将自己外在世界的手段引入自己的内心中，或为了我们高度的
目的利用能力与意志，如果其目的不是行善，那么善究竟是什么？
我的确告诉我自己，我应该有谦虚地说出自己感觉的权利，但是实
际上，在我漫长的生涯中，恐怕我都是用骄傲去完成大部分的事。
可是，除了正直、见闻、区别、选择，及听到事情时自己精神的再
生、灵巧重视等的能力与意志外，应该还有些属于自己的东西吧！

我绝不是只靠自己的智慧完成所有的作品。还靠提供我材料的几千人与事物来完成它们。他们如何思考出想法？他们如何生活、活动？他们自己抓住什么样的经验？他们都会告诉我这些事情。我只要抓住这些事，除了等着收割他们为我播下的种子之外，什么应该做的事都没有。

《歌德谈话录》

人生中有一个非常不可思议的地方，那就是相信别人会引导我们。没有了这个信任，我们只能一边摸索，一边踏着蹒跚的步伐，走向自己的道路。有了它，我们无往不胜。

《箴言与省察》

与诸神绝缘，一个人独自在工作场上另筑一个世界的普洛明多斯，是古代神话中的人物之一，他的故事深深地感动我。每个人在孤立的时候，都希望自己能做出一个有意义且代表性的东西。我所做的事，虽然都能博得每个人的赞同，但是它们都是孤立诞生的作品。

《与米勒的谈话》

唯一实行确信的力量，在现在每个人都拥有这种力量。

《箴言与省察》

由自己所做的事来区别自己与别人，如此一来，便可以开始了解自己。

《箴言与省察》

人在年老时当然比年轻时做过更多的事。

《箴言与省察》

我们这些上了年纪的欧洲人，实际上多多少少都有些怀才不遇的感觉。而我的状况也过于人工化，过于复杂。在食物和生活方式中没有真正的自然，就连在社交上也没有真正的爱情和好意。每个人都是高贵且有礼貌，但是却没有人只拥有感情与真实的勇气。我常常在想，如果能让我诞生在南洋群岛并身为野蛮人，即使一次也好，让我能品味一下纯粹的人类生活该有多好。

《箴言与省察》

即使意义深远的事情被流传，人还不一定会广为流传。恐怕只有那些完全熟悉的事情才会浮现在他的念头里。

《箴言与省察》

如果这个世界上所有的智慧在神的面前，只不过是属于愚蠢之列，人干什么还要辛辛苦苦地活到七十岁呢？

《箴言与省察》

"像我这样年过八十的人，几乎没有再活下去的权利了，每天都要准备长辞人世，安排好家务。我已告诉过你，我在遗嘱里指定你编辑我的遗著。今天上午我预备了一张合同，一张小字据。现在请你和我一起来签字。"

《歌德谈话录》

人世经历的秘密不能被公开，也不能公开。因为，里面有一颗一定会绊倒旅人的绊脚石。所以，诗人们常常在诗中暗示那个应注意的地方。

《箴言与省察》

我并不认为我想生活在现代以外的时代里。但是，我们将自己局限在这个世界里，并且在指定的范围中安静地做着正确的事，这样一来，谁都会想来侵犯我的范围。

《与米勒的谈话》

歌德说："有一种情况可能发生，出版商可能不愿超过规定的页数，那么，材料中有些部分就得删去。在这种情况下，你可以把《颜色学》中争论部分删去。我所特有的主张都在此书理论部分，历史部分却带有争论的性质，因为牛顿的颜色说的主要错误都是在这部分讨论的，有关的争论差不多就够了。我绝不是要放弃对牛顿定律的尖锐解剖，这在当时是必要的，而且在将来也还会有价值。不过我生性不爱争论，对争论没有多大兴趣。"

《歌德谈话录》

什么缩短了时间？

活动。

什么能长久耐时？

安逸。

《西东诗集》

我所做的各种正确行为，

我已不挂在心上。

但是无心犯下的错误，

却如幽灵般地不肯从我眼中消失。

《警世性》

我对大部分的事都保持沉默。因为我不迷惑众人，而且即使我生气时他们仍然高兴时，我也觉得很满足。

《箴言与省察》

阳光普照时，灰尘也会闪闪发亮。

《箴言与省察》

人生位于着了颜色的影子上。

《浮士德Ⅱ》

歌德

所有的人只听自己已经知道的事。

《箴言与省察》

我们不需要——为了了解天空为何到处都是蓝蓝的一片，而环游世界一周。

《箴言与省察》

曾经被烧伤的儿童都怕火，常常被太阳灼伤的老人也害怕晒太阳。

《箴言与省察》

过去了！这是一句蠢话/为什么说过去/过去和全无，完全是一样东西/永恒的造化何有于我们/不过是把创造之物又向虚无投进/"事情过去了"！这意味着什么/这就等于从来未曾有过/又似乎有，翻来覆去兜着圈子/我所爱的却是永恒的空虚。

《浮士德》

今天和明天之间/有个长长的时期/趁你还精神饱满/要学习迅速处理。

《格言篇》《歌德诗集》

在任何的社会中，最有判断力的事是——每个人都做他与生俱来已经学过的职业，与不妨碍自己的本分。鞋匠总停在工作台之后，而百姓也总停在圆锹之后。因此，王侯学习统治之道。因为对王侯而言，统治是他们必须学习的一种职业。所以，不学统治的王侯，就不应该参与政治。

《歌德谈话录》

在这一生中，我常听到每个人都谈论着与我想法不同的言论。话虽如此，他们为什么不能谈论与我想法相同的话题呢？

《箴言与省察》

不管对手是谁，我绝不希望他会遭遇不幸，但是，对于那些在偶然间遭遇不幸的人，这件事情就变成他的试金石，也变成人类潜能的试金石。

《箴言与省察》

那片可怜的玻璃何罪之有？它不过是一面能照出丑陋面貌的镜子罢了！

《警世性》

把希望人类的能力能普遍发挥当成重要的事，是绝对正确的。但是，人类并不能与生俱来这种能力。每个人本来就一定是个独立的人类，如此一来，人类才会注意自己是否已经达到构成全人类的概念。

《歌德谈话录》

为什么这种坏话永不停止呢？认同别人的些许功绩，也不会有损自己的品位啊！

《箴言与省察》

我是个敢做敢当的有为青年。我不会在背地里道人长短，我会为了行善去为任何人服务，而且这些行为我会始终如一地贯彻实行。

《与米勒的谈话》

诚实的朋友啊！相信所有的东西就好了吗？相信生命！生命的教义远胜过雄辩家与书本。

《诗·四季》

年轻姑娘哟，美丽又于你何干/纵然你生得沉鱼落雁/世人也还是视之淡然/他们即使称赞你也一半出于哀怜/人人都追求金钱/一切都依赖金钱/唉，我们贫穷人哪能如愿！

《浮士德》

结实地踩踏地面，并环视四周。

有能力的人类不会隐藏在这个世上的。

《浮士德Ⅱ》

人应该接受每个人与每件事的原来意义，所以必须走出狭隘的自我；而这也是比以前更自由的情绪，再一次回归自己的原因。

《与米勒的谈话》

善良的人类纵然曾被黑暗的冲动所策动，但绝不会忘记正道。

《天上的序曲》

任何人宣布自由都是件好事，不过那个人或许会立刻感觉到自己受到限制。自己宣称受限制也是件好事，因为他一定会觉得自己自由了。

《箴言与省察》

知道提早节制的人，会快乐地达到自由的目的；而被强迫接受迟来的节制的人，就只能得到苦涩的自由。

《箴言与省察》

即使天才也不可能不老不死，而这对那些庸俗之辈而言，并不是一件值得安慰的事。

《箴言与省察》

活泼富有天分的精神，尤其是又拥有对实际目标十分固执的精神，是现代生活中最不可多得的一环。

《箴言与省察》

歌德

愚者与贤者一样都是无害的。但是，只有半途而废的愚者与半途而废的贤者，才是最危险的人。

《箴言与省察》

真实且认真地投降自己内心的人，通常只能发现一半的自己。为了使自己能变成最完美的人，还不惜捉一个女人或捉住一个世界。

《箴言与省察》

认为不自由就是自由的人，除了奴隶不作第二人想。

《箴言与省察》

能顺从我的忠告的话，任何人都不会偏离正在行进中的道路。所以，当然也不会受到权势的胁迫、舆论的压迫，及远离流行的烦恼。

《箴言与省察》

人不一定要与对手站在同等的地位，彼此才能有更进一步的认识。

《箴言与省察》

古谚有云："不耻自己空虚的赞赏。"事实上不一定如此。但是每个人都不会想去知道别人不当的批评。

《箴言与省察》

一切都是平等的，一切也都是不平等的。一切都是有益又有害的，一切也都是想说时却无言、是理性同时也是非理性的。所以，人所表白的各种事情，都会渐渐地互相矛盾。

《箴言与省察》

所有的理论都是黑色的，

绿是生命的黄金树。

《浮士德I》

你如果长时间与我做相同的事，

你就会跟我一样试着过交际的生活。

《泽明·克社宁》

我们的不幸或因过失而引起的烦恼，无法用智慧或理性来治愈它们。时间可以使它们痊愈，而断然的活动则具备了治愈它们的全能力量。

《遍历时代》

对于活动的人而言，做正确的事情是重要的，但是他们并不关心，这些正确事情是如何形成的。

《箴言与省察》

世上没有一个境遇能靠行为与忍耐而获得改善。

《箴言与省察》

想要借着任何大且重的东西来证明自己力量的人，必须循序渐进、由小而大。

《箴言与省察》

善良的年轻人们，如果认为已受人肯定的东西就是真实的东西，因而丧失了自己的独创性，那真是在所有的错误中最愚笨的错误。

《箴言与省察》

多数的思想都是从当代的一般文化中发展出来的，这种情形就如同从绿色的枝上开出美丽的花朵。而在玫瑰盛开的季节中，处处皆可看见绽放的玫瑰。

《箴言与省察》

当我们变成另一个人，而再度诞生在这个世界，便是最美丽的轮回思想。

《箴言与省察》

大凡国民无法判断自己时，就不能将判断归为己有。但是国民要达到这个优点，通常是极为缓慢的。

《歌德谈话录》

我（浮士德）想与自由的人民住在自由的土地上。这样，我才能瞬间呼喊："停止吧！你是如此地美丽。"

《浮士德Ⅱ》

我知道自己能做与不能做的事，所以我只想做我能做的事。

《与米勒的谈话》

如同允许绝望者的所有要求一般，我们能不赞成贫困者所应有的利益吗？

《箴言与省察》

因毯子的尺寸不合身而睡不着，
脚一定露在被子外面。

《警世性》

人在忠实地把握现有东西的同时，也开始喜欢古代流传下来的东西。所以，当别人告诉我们他们精心思考过的思想时，我们也必须表现出自己颇有同感。

《遍历时代》

何谓俗物？就是充满恐怖与期待的心思。神啊！请你怜悯它吧！

《泽明·克社宁》

对学生而言，最恐怖的事情莫过于必须与老师对抗来重建自己。

老师给的东西越强，学生只会更不满，绝望只会更大。

《箴言与省察》

人生即使看得到卑俗，看得到容易满足平凡的生活，但是心中仍然偷偷地孕育着一颗高于其他要求的种子，因此会寻求各种手段来满足这个要求。

《箴言与省察》

我不阿谀宗教或科学、政治上的所有事情。但是，大胆地说出心里想的事，却经常让我烦恼。

《歌德谈话录》

人经常不能从眼前的对象中看出什么，但是却能恶作剧地看到所有已知、已理解的事情。

《箴言与省察》

探测你的内心，那么你应该可以认清全部的你。因此，当你呼唤它们时，你的身体可以自然地听到内心回答："是。"如此一来，你的欣喜当然是最好的表现方法。

《箴言与省察》

在有限精神的理解力外，有完全的存在——如果能有这种想法，我们就是拥有无限概念的人。

《箴言与省察》

激烈的感觉不能用缓慢的感觉来感应。

《箴言与省察》

我所知道的事情，或许本来只属于我一个人。但是如果我将我所知道的事情告诉其他人，那对方也会立刻露出一副非常了解的神情。而我除了不断地将我所知传播给其他人之外，也不让自己发生闭门造车的情形。

《箴言与省察》

彩虹出现十五分钟，人也不会转头去看。

《箴言与省察》

我们总是尽可能地想把那些值得尊重崇敬的东西拥为己有，而那些东西如果是自己所创造表现的，更是我们一生中最美丽的幻想。即使它们会带给我们的人生许多痛苦，但是我们也不会因此而死心。

《诗与真实》

每个人最好都各不相同，但是每个人最好都像是最高者，这是为什么呢？因为每个人都完成了自己。

《诗·四季》

体会残余的痛苦！

再大的苦难也甘之若饴。

《格言性》

水车坊只为了自己的水车运转，小麦只为了生存。

《箴言与省察》

与何时死亡的事实对抗有什么用呢？

只是徒使生活痛苦罢了。

《警世性》

我认为头脑是一切人类的悲哀。

《哈利特》

在所有的小偷中，傻瓜算是最恶劣的。

因为，他们从诸君身上偷走了时间与心情这两种东西。

《箴言与省察》

任何违背理的事，都可能在辨别力中或偶然间重返正道。所有与理敌对的事情，也可能在无辨别力或偶然间导向邪道。

《箴言与省察》

没有任何东西的重要性，能胜过一天的价值。

《箴言与省察》

我们满足于所有平凡的东西，没有什么好觉得不可思议的。因为我们安于平凡，简直就像与朋友痛快畅饮般地随随便便。

《箴言与省察》

我在必我行。

《箴言与省察》

世上无法延长的，

除了你的生命外，还有事业。

《遍历时代》

不知道从事生产的人，也没有存在的必要。

《箴言与省察》

人如何了解自己？绝不是靠自省，而是靠确实的行动。如果你能试着克尽自己的义务，你立刻就会了解你自己。

但是什么是你的义务呢？那就是克尽每一天的任务。

《箴言与省察》

高高兴兴地做事与喜欢自己所做的事的人是幸福的。

改善缺点、补偿错误是最高的幸福。

《箴言与省察》

当我们与施恩于自己的人见面时，立刻会想起他的恩情。如此，当我们与接受自己恩惠的人见面时，也会渐渐地不去想自己所施的恩惠。

《箴言与省察》

人到老时，越宽宏大量越好。因为别人犯的错误，全部都是自己曾经犯下的错误。

《箴言与省察》

预言家说："我不能创造奇迹，但是我的存在就是最大的奇迹。"

《西东诗集》

和解时代的各种错误是件困难的事。如果背道而行就会被孤立，但是即使能和解得了，也得不到名誉与喜悦。

《箴言与省察》

能与研究的对象极紧密地一致，便可由此得到如原有理论般纤细的经验知识。但是，这种精神能力的高涨，是属于拥有高度文化的时代。

《箴言与省察》

即使再伟大的人，还是经常会为了一个弱点，而与他的世纪扯上关系。

《箴言与省察》

德国人极为善变。他们深入探索高深的思想与理念，并使自己的人生更加痛苦。但是他们表现出印象深刻、欣喜、感动、感激、教导、伟大、鼓舞等勇气的方法，即他们并不认为如果没有抽象的思想与理念，一切便会白白地浪费。

《歌德谈话录》

二十朵花中能结出一个果实就算是很好了。

——如果是一千个才结一个果实，你只能称之为幸运。

《诗·伯吉斯的预言》

我所知道的一切，我所能说的一切，

都是由灵魂中，

自由流露出的思想。

命运的好意，

使我能彻底玩味的，

也只有受惠时的瞬间。

《诗集》

单独地思考每一天，并不会出现太多结果。但是如果把五年凑在一起，一定会变成一束整体的形象。

《箴言与省察》

把不可能的事在某种程度内变为可能，人只有在大胆且不停息的进步中，才能在无意间碰上这种不可能的事。我去年曾经在多伦布鲁克看见一个美国人，将一把几乎一码长的短剑由口中刺进喉咙里。而这种高深的技术，是必须在好几年中，每天不断地练习所得到的结果。

《与米勒的谈话》

恶意与憎恨如果只靠锐利的眼光组合起来，它们只是徒留于观察者表面的看法。反观，若是锐利的眼光使得好意与爱情能亲密地结合，它们就能洞悉世界及所有人类；或者应该说，它们能达到最高者的期望。

《箴言与省察》

天地永远像稳如磐石的法则，所以岁月才会年复一年地重演着。春天交棒给夏天，丰富的秋天亲切地向冬天招手。岩石沉甸甸地盘踞着，水花扬起轻浪，从云彩笼罩的断崖上滚滚而下。松树永远是那么翠绿，即使落叶繁盛，它也悄悄地在冬天时，把幼芽孕育成强壮的枝干。一切都在法则下生长、死亡。但是支配宝贵人类生命的，竟是不定的命运。

《诗集》

在所有表示哲学、科学、宗教、历史，及大量推广各种意见的工作上，经常获得优势的人，是拥有容易理解适应普通状态下人类精神的想法及心地善良的人。如此一来，拥有高级意味教养的人，经常把多数人幻想成自己的敌人。

《箴言与省察》

我无法忍受教诲，因为我在年轻时已经领教得太多了。

《箴言与省察》

通过所有的阶段、气节高尚的人是谁？他就是，无论将什么东西放在他前面，他也不失去平衡心的人。

《诗·四季》

即使别人不能使你的论证适用，你也不用烦恼。

《箴言与省察》

批评作者暧昧的人，首先必须自我检讨，自己的内心是否十分光明磊落。因为，在微暗中是无法非常清楚读一本书的。

《箴言与省察》

我从各种经验得知，世界上有比欢乐中无法追求到的满足更高的感情，但是在这个更高的喜悦中，结合力量的秘密宝物，已被隐藏在不幸之中。

《美丽灵魂的告白》

　　欢欢喜喜地去工作与喜欢自己工作的人是幸福的。但是，人为了了解什么事该做，应该怎么做，却必须花费一段相当长的时间。

《箴言与省察》

你处处彷徨不定吗？
看吧！善良就在眼前。
懂得抓住幸福是件好事，
幸福经常就在那里。

《诗集》

幸运到来之时犹如收获之日，
庄稼成熟了就要抓紧收割。

《托夸多·塔索》

生命之树是常青的。

《浮士德》

　　属于安乐的各种东西，完全不适合我的个性。如你所见，我的房间里连一张沙发也没有，我总是坐在老木头椅子上。为了头部而睡个枕头也是两三周以前的事。只要置身于安乐优美的布置中，想法会变得散漫，情绪也会变得安乐、消极，这是从年轻时便养成的不同于他人的习惯。况且，华丽的房间与优美的家具，是为了没有思想或不想有思想的人而专门设计的。

《歌德谈话录》

无法妥善处理自己所处环境的人，就会渐渐变成无法满足各种环境的谜般人物。如此一来，可能会产生恐惧的抗争，因而毫无乐趣地消耗人生。

《箴言与省察》

总是过度地烘焙栗子，
难道不怕栗子完全化为灰烬吗？

《警世性》

没有必要在俗恶的东西上面浪费任何言辞。因为俗恶的东西一出现，马上会遭到死亡灭绝的命运。

《箴言与省察》

将身体上颜色、文身，是回归兽性的行为。

《箴言与省察》

瓦格纳

上帝啊！学艺无止境；

我们的生命很短。

尽管我努力研究，从事批判，

却常感苦闷而伤透脑筋。

要获得一种探本求源的方法，

这是多么困难的事情！

一半的路途还没能够到达，

可怜虫就要送掉性命。

《浮士德》

梅非斯特

过去！一句蠢话！

干吗说过去？

过去和全无是完全一样的同义语！

永恒的创造于我们何补！

被创造的又使它复归于无！

已经过去了！这话的意思是什么？

它就等于说，本来不曾有过，

翻转采又像是说，似亦有诸。

而我却毋宁喜爱永远的虚无。

《浮士德》

宗教·信仰

祈祷，有如舒爽人心的馨香，给予人类追求希望的力量。

《神与心情与世界》

如果善意的言语占领了好的场地，那么虔敬的言辞将占据更好的场地。

《神与心情与世界》

在何种境界，非也。在瞬间也具有无限的价值。因为，日后它们一个个将永远地呈现在世人眼前。

《歌德谈话录》

到了七十五岁时，不会时时刻刻想到死亡是不可能的。但是我对死却抱持着一份平静的心情，因为我确信，我们的灵魂是拥有无法全然消灭于无形的特性，而且会持续到永远。就像太阳一样，它并不像人们亲眼所见的日落西山，事实上，它在我们的眼中西下，却又在另一个半球上升起，它是个永不沉没的太阳。

《歌德谈话录》

看到棺木，我不禁大吃一惊。对于勤奋的人而言，谁也无法夺去他心中不死的信仰。

《米勒》

"虽死犹荣！"
如果你不能觉悟死的意义，
你只不过是在忧暗世界中的，
一名忧心忡忡的过客。

《西东诗集》

我们是否从路德教及一般宗教中受惠最多当不得而知，但是使我们摆脱了精神偏见的束缚，在不断进步成长的文化过程中回到起源，完全是由于理解了纯粹的基督教。并以强健的双腿站立在神的大地上，我们受惠于神的人性自觉勇气，又再度恢复过来。无论精神文化如何进步，自然科学如何深不可测，人类的精神如何扩大，都无法逃出福音书中照亮基督教的崇高性及道德文化的范围。

《艾克曼·对话》

每个人的心中一定藏着一份不死的证明。除此之外，这份证明就英雄无用武之地了。诚然，自然界的一切都有一定的新陈代谢，但是在新陈代谢的背后，永恒将永远安息。

《与米勒的谈话》

为了进入无限的空间里，或许会很高兴地使自己消失吧！在那里，所有的懒惰、倦怠都会一扫而空，取而代之的是热切的愿望、激昂的需求、帮助的邀请及严厉的义务。

《神与世界》

基督教本身拥有自立的力量，而这种力量可偶尔使衰颓的人类再兴盛起来。只要认识所有的力量后，就可以发现，基督教超越一切的哲学，更不需要哲学的帮助。

《歌德谈话录》

任何的本质不会由有而散尽，而永恒则必须靠不断地努力才能到达。拥有幸福就是存在，而存在即是永恒。因为，法则保有闪闪发光的宝石，也由于有了它，才能以"全"来装饰自己。

《诗·遗训》

信仰是不可见的爱。信赖更不会是不可能的虚荣，无中生有。

《箴言与省察》

浮士德

好人儿，切莫误听！

谁敢将他命名？

这个包罗万象者，

这个化育万类者，

难道不包罗和化育

你，我和他自身？

天不是在上形成穹顶？

地不是在下浑厚坚凝？

永恒的星辰

不是和霭地闪灼而上升？

我不是用眼睛看着你的眼睛？

万物不是逼近

你的头脑和胸心？

它们不是在永恒的神秘中

有形无形地在你身旁纷纭？

无论你的心胸多么广大也可充盈，

如果你在这种感觉中完全欣幸，

那你就可以随意将它命名，

叫它是幸福！是心！是爱！是神！

我对此却无名可名！

感情便是一切；

名称只是虚声，

好比笼罩日光的烟云。

《浮士德》

"崇高"已因知识而寸断，再也无法轻易地以全貌，呈现在我们的精神之前。如此一来，我们被赋予的"最高尚"及提升我们，使我们感到充分无限存在的"大调和"，已经渐渐被夺走，而且随着我们知识的增加而越来越小。曾经如巨人般与宇宙并立的我们，现在只能如矮子般，面对宇宙的部分而立。

《箴言与省察》

如果再大的力量也不能守住我，人们应该会知道，或许在所有人的心中，已有防患未然的想法，绝不会轻易地陷入夸耀自己力量与能力的危险中。

《美丽灵魂的告白》

神给予人各种不同的东西。有人从中悟出善，也有人从中悟出了恶。

《箴言与省察》

哲学是由证明我们灵魂不灭的传说中衍生出来，这是愚蠢且不具任何意义的。我确信长生不老是由活动的观念中演变而来。因为，我们在生命划上休止符前，必须不停地、勤奋地工作，而在不得不维持我们勤奋的精神时，自然有给予我们别种存在形式的义务。

《艾克曼·对话》

歌

德

"持续今日"经常是永久存在的保证。

《箴言与省察》

人真是深不可测，他们希望神对待他们就如同自己同辈一样，得到最高的存在。如果不如他们所愿，神、爱神、善良之神等等，一概不再招呼。此时，神对人类，尤其是对每日赞美神的圣职人员而言，只是一句空言，徒具其名而已；即使口中仍然赞美神，心中却毫无敬仰之心。但是，如果能真正深切地感受到神的伟大力量，而嘴巴却不能说话时，也无法以敬畏的口吻称呼神的圣名。

《歌德谈话录》

什么东西分割了诸神与人类之间的距离。

潮来潮往，永劫之河源源不息。

我们人类随波逐流，

淹没在巨浪之中，

不久就沉没至下落不明。

我们被隔离在极小的范围中生存着，

世世代代、日复一日，

系上无限的存在，

继续生存下去。

《诗集》

　　我身处创造物丰盛之中，应该尊敬创造了几千种植物、几千种动物以及人的伟大人物。而人更应该尊敬以家畜作为人类食物及饮料，且教导我们如何烹调享受美食的人。但我更尊敬世上拥有以下创造力的人。那就是，使世界上生物密集之处，没有战争、黑死病、水害、火灾，即不使世上万物有丝毫损伤的创造力。唯一拥有这种创造力的，那就是我的神。

《歌德谈话录》

葛丽卿

啊，痛苦重重的圣母，

请俯下圣颜，

慈悲我遭受的灾难！

你被利剑穿心，

怀着千般苦痛，

眼看你的儿子丧命。

你仰望天父，

哀哀泣诉，

为你儿子和自己的困苦。

歌

德

在我身上

有彻骨的痛楚，

谁能感到，

我可怜的心儿为甚惶恐，

为甚战栗，为甚求告？

只有你，只有你才知道！

我不论走到哪方，

心中总是无限凄凉，

凄凉，凄凉，凄凉！

啊，只要无人在我身旁，

我便啼哭，啼哭，啼哭，

哪怕哭断肝肠。

我窗前的窗花啊，

都是用我的泪水灌溉！

我在今天早晨，

给你摘了这些花来。

晓日从东升起，

照耀我的闺房，

我已满怀悲伤，

起来坐在床上。

歌

德

救救我吧！从耻辱和死亡中把我救转！

啊，苦痛重重的圣母，

请俯下圣颜，

慈悲我遭受的灾难！

《浮士德》

观察圣经中的事情有两种立场。

第一是一种根本宗教的立场，也就是发自神纯自然与纯理性的立场。这种立场只存在于受惠于神的人，而且这种立场永远受尊敬，永远不变。但是这些受神恩惠的人，却由于过于高尚而无法推广至一般人。

第二是教会的立场，这与人类有相当大的距离。这种立场非常容易变化，而且一直在变化中。这种立场在人类短暂的生存中，还是持续不断地变化。由于眩目的神的启示过于纯粹与耀眼，使得贫弱的人类无法忍耐与适应；而教会就扮演居中亲切的调停者，缓和其中的冲突，救助所有的人，并以维护多数人的利益为其目标。

《歌德谈话录》

在神之前，或高、或低、或明、或暗，各种现象处处可见。而上与下、日与夜只存在于人的生活中。

《学习时代》

呼吸包含了两种智慧：

吸入空气与吐出空气。

一个压迫胸部，一个使胸部舒爽，

生命就像这不可思议般地混合体。

当神压迫你时，你可以感谢神。

当神解放你时，你也可以感谢神。

《西东诗集》

如果眼睛不像太阳，眼睛就无法看见太阳。如果我们的体力没有神力，如何使神喜欢我们呢？

《泽明·克社宁》

他们（学园的当事者）如是说道：

"天生健康的小孩，本身已具备了许多东西。而自然给予全体人类一生中各种必备的物品，我们有发扬它们的义务。有时候，一个人更能将它们发扬光大。但是只有一样东西不是与生俱来的。而这项东西却是人类遍历人生后重于一切的一点。如果你们自己了解的话，请到前面。"

威尔瀚想了一会儿后，摇头了。

他们过了一段适当的时间后出声了——"敬畏！"而威尔瀚也吓了一跳。——他们又说："敬畏，这是所有人所欠缺的。这通常也发生在你自己身上。"

《遍历时代》

我认为没有人能看出我与其他人心中最重要的东西，而这最美好的东西，就是深深的寂静。我住在其中，对抗这个世界、生活与成长。因此，世界即使拥有火与剑，也无法夺去我的生活空间。

《箴言与省察》

神性是在活生生的生物中不断地运转着，而已死去的生物中，丝毫无神性可言。它存在于生长变化中的东西里，在已完成凝固的物体中，丝毫没有它的踪迹。所以，理性为了达到神性的境界，必须以成长、有生命的生物为其对象，而悟性则利用已完成、凝固的物体为其对象。

《歌德谈话录》

神秘的合唱

一切无常事物，

无非譬喻一场；

不如意事常八九，

而今如愿以偿；

奇幻难形笔楮，

焕然竟成文章；

永恒女性自如常，

接引我们向上。

《浮士德》

我为大肆喧哗事物的无常与沉溺于考察现世空虚的人，感到悲哀。我们之所以存在这个世界上，不就是将无常变为永恒吗？这也使人能实现两方的评价。

《箴言与省察》

如同公共的储蓄银行与互助金库，信仰是目不可及的家庭储蓄。银行与金库的功用是提供人在不时之需时，可将以前存入的钱再提出来使用，而信仰是可在不知不觉中，收到自己的利益。

《箴言与省察》

现在，我有机会来检讨自己走的道路是真实呢？还是空想？自己的想法是否与别人的想法相似？自己信仰的对象是否具有真实性？如此一来，就可从中看出我们原来信仰的对象是否真实，并使心里更有依靠。

《美丽灵魂的告白》

太阳是最高者的启示之一，而且是容许我们地上之子认知的最有力启示。我在太阳的启示中，最崇拜光与神的创造力。也因此，我们才得以生活、活动及存在，而所有的动、植物也是如此。但是，如果有人问我，是否喜欢跪伏在彼得与保罗的拇指前，我会回答："请神宽恕他吧！"

《歌德谈话录》

《圣经》是庄严神圣的书籍，浏览精辟之处，对人助益良多。

《箴言与省察》

从古至今，人们对于圣经的普及有益或有害，一直不停地争论着，今后也应是如此。但是，我却非常明了原因何在。如果只有幻想性地撷取教义的话，那是有害的，如果能得到神教导般丰富的感情，便是有益的。

《箴言与省察》

当我因迷路而困惑时，

是你及时救我。

当我行动、作诗时，

更是你指导我的迷津。

《西东诗集》

浮士德

连地狱也有法律？

既然如此，这倒不错，

我好不好同你们订个契约？

靡非斯特

凡和你约定的东西，

你就可以享受，

绝不能从契约上打折扣。

《浮士德》

迷信是人类与生俱来的本性。如果太过于迷信，反而会使自己钻入牛角尖而不自觉；虽然可有某种程度的安全，但是难保不会再度发作。

真正的宗教只有两种。一种是将存在于我们内部的"神圣"，赋予无形去认知、崇拜的宗教，另一种则是把"神圣"当成最美丽的形象，去认知、崇拜的宗教。但是他们的共同点都是崇拜偶像。

《美丽灵魂的告白》

歌
德

道德·情操

智慧最后的结论是：生活也好，自由也好，都要天天去赢取，这才有资格去享有它。

《浮士德》

主宰世界的有三个要素，那就是智慧、光辉和力量！

《神怪的故事》

人格是地上的人类最高的幸福。

《西东诗集》

始终不渝地忠实于自己和别人，就能具备最伟大才华的最高贵品质。

《歌德的格言与感想集》

奢望太多的人、喜爱错综复杂的人，容易掉入邪路。

《箴言与省察》

不论何时，别让你自己卷进去反对他人。

《格言之书》

站着的，须要防止跌倒！

《诗歌集·反省》

播种之后，收获就不是件难事了。

《箴言与省察》

我对许多事情保持沉默，因为我不想叫人们难堪，如果他们对于使我烦恼的事情感到由衷的高兴，我也处之泰然。

《歌德的格言与感想集》

古谚有云："万事起头难。"其中的意义不一定就是真理，但是一般而言，万事起头易，到达最后的阶段时，才是最困难的，更何况能真正完成的人，也少之又少。

《遍历时代》

谁要是在别人面前独自发表长篇议论而不取悦于听众，那么，他就要引起反感。

《亲和力》

对于由自己口中说出的错误，而觉得自己没有义务再重复一遍错误的人，已经完全转变成另一个人了。

《箴言与省察》

如果一个人意识到自己经常误解别人的意思，那么，他也许就不会在社交场合多说话了。

《亲和力》

沉默的人不用多担心，因为他在舌下藏身。

《格言之书》

虔诚不是目的，而是手段，是通过灵魂的最纯洁的宁静而达到最高修养的手段。

《歌德的格言与感想集》

一个人的礼貌就是一面照出他的肖像的镜子。

《歌德的格言与感想集》

对别人述说自己，这是一种天性；因此，认真对待别人向你述说他自己的事，这是一种教养。

《歌德的格言与感想集》

凡是能使我们的精神获得自由而又不给我们以自制能力的事物，

都是毁灭性的。

《歌德的格言与感想集》

焦躁会因焦躁而受到十倍的惩罚。越想焦急地接近目标，只会更远离目标。

《箴言与省察》

孤立自己并不是一件好事，尤其是孤立并无法完成事情。任何一个人想成就一件事，协力与刺激都是必要的。

《歌德谈话录》

古代的德国人并不喜欢支配任何人。

《箴言与省察》

我不得不认为，使各种东西成熟是现代最大的不幸。人们常在下一个瞬间中，食尽前一个瞬间，并在当天用尽所有的时间。像这样日复一日，根本不可能造就任何东西。

《箴言与省察》

大众不能缺少有能力的人，而有能力的人对大众而言，经常是沉重的负担。

《箴言与省察》

你要欣赏自己的价值/就得给世界增添价值。

《歌德诗集》

如果每个人各自了解自己的本分，也认清他人的利益，永远的和平当可一蹴即成。

《诗·四季》

和平有两种力量，即是正义与礼节。

《箴言与省察》

不要妄想提出有力的证明，率直地表明自己的想法与意见，经常是较好的做法。因为我们所提出的证明，只不过是我们自己意见的变形罢了，而持反对意见的人，更不会侧耳倾听我们任何一方面的意见。

《箴言与省察》

坚守自己的立场！

《箴言与省察》

我决心在任何的场合中克尽全力，但觉悟为了行善必须更加团结，借着集合各地的青年，完成美好的事。

《比德·对话》

对于批评，我们丝毫没有防御与抵抗的能力。我们必须将防御

歌
德

与抵抗化为具体化的行动，如此一来，批评才能逐渐接受它们。

《箴言与省察》

"固守你的立场"——这句名言，一方面将人引入大党派之中，另一方面又主张每个人应该有适合自己的见识与能力，真是不可多得的金玉良言。

《箴言与省察》

气宇恢宏的天才一直想超越他自己的世纪，但一意孤行的才能总是屡次被牵绊。

《箴言与省察》

当我们展望未来时，便希望在未来中，那些摇晃不定的所有东西，都能变成自己的愿望，——实现。

《西东诗集》

浮士德

我只管在世间到处漫游；

把一切欢乐紧紧抓在手里，

不能满足的，就将它放弃，

逃出掌心的，就让它脱离。

我只管渴望，只管实行，

然后再希望，就这样以全副精神

冲出我的生路；开始很有干劲，

现在却趋于明智，谨慎小心。

尘世的一切我已充分看穿，

再不存什么指望要超升彼岸；

蠢人才眨着眼睛向那边仰望，

以为有他的同类在云端之上。

他应当立定脚跟，观看四周；

这世界对有为之士并不缄口；

他又何须逍遥于永恒的净土；

他所认识的，都能把握；

就这样完成他的浮生行旅，

出现幽灵，依旧我行我素，

在前进的路上会碰到困苦和幸福，

他！在任何瞬间都不会满足。

《浮士德》

和蔼可亲是我的本性。所以，当我在进行计划时，便可得到别人的鼎力相助，而我也常常成为别人的得力助手。这样一来，不论是我帮他们，或是他们帮我，任何可预见的幸福都是唾手可得。

《箴言与省察》

吹气与吹笛子是两件截然不同的事，因为吹笛子必须动指头。

《箴言与省察》

歌

德

对于敌手完美的优点，除了爱之外，并没有其他的对抗手段。

《箴言与省察》

浮士德

有一片沼泽横亘在山麓，

污染了一切已开拓之地；

把这臭水浜加以排除，

乃是功亏一篑的大事。

我为几百万人开拓疆土，

虽不算安全，却可以自由居住。

原野青葱而肥沃，人和牛羊

就能高兴地搬到新地之上，

立即移居在牢固的沙丘附近，

这是由勤劳勇敢的人民筑成。

里面的土地就像一座乐园，

尽管外面的海涛拍击到岸边，

如果它贪婪成性，要强行侵入，

大家会齐心奔赴，将决口堵住。

是的，我就向这种精神献身，

这是智慧的最后总结：

要每天争取自由和生存的人，

才有享受两者的权利。

因此在这里，幼者壮者和老者

都在危险中度过有为的岁月。

我愿看到这样的人群，

在自由的土地上跟自由的人民结邻！

那时，让我对那一瞬间开口，

停一停吧，你真美丽！

我的尘世生涯的痕迹就能够

永世永劫不会消逝——

我抱着这种高度幸福的预感，

现在享受这个最高的瞬间。

《浮士德》

凡是能使我们的精神获得自由而又不给我们以自制能力的事物，都是毁灭性的。

《歌德的格言与感想集》

每当我听别人谈论自由思想（liberal ideas）的时候，我总不免要感到惊讶，空洞的辞藻竟这样轻易就把人们搪塞过去。思想不可能是自由的，但它为了完成它的创造性使命，可以是强有力的、活跃的、固执的，概念更不可能是自由的；因为概念另有全然不同的使命。我们只能在感情里去寻求自由；而感情是活着的人和行动着的人的灵魂。人的感情也罕有是自由的，因为感情是直接从个人身上产生出来的，是从与人最密切的关系和需要中产生出来的。我不愿再写下去了，还是让我们把这一检验应用到我们每天听到的东西上去吧。

《歌德的格言与感想集》

当一种伟大的思想作为一种福音降临这个世界时，它对于受陈规陋习羁绊的大众会成为一种冒犯，而在那些读书不少但学识不深的人看来，却是一桩蠢事。

《歌德的格言与感想集》

每一种思想最初总是作为一个陌生的来客出现的，而当它一旦被认识了的时候，就几乎无法把它同幻想和奇想相区别。

《歌德的格言与感想集》

你可能认识一种思想的用处，可是又不完全懂得如何对它很好地加以应用。

《歌德的格言与感想集》

做人不但要立功，也还要有忠诚。

《浮士德》

无论你出身高贵或者低贱，都无关宏旨，但你必须有做人之道。

《歌德的格言与感想集》

妇女在场就是良好礼貌的因素。

《歌德的格言与感想集》

一个人的礼貌就是一面照出他的肖像的镜子。

《歌德的格言与感想集》

光有愿望是不够的，还要行动。

《歌德谈话录》

大胆的见解就好比下棋时移动一个棋子：它可能被吃掉，但它却是胜局的起点。

《歌德的格言与感想集》

在每一个艺术家身上都有一颗勇敢的种子。没有它，就不能设想会有才能。

《歌德的格言与感想集》

如果不认真，这个社会上便没有一件事情能顺利完成。但是事实上，在那些被称为有教养的人中，几乎找不出这种认真的人。

《美丽灵魂的告白》

事业最要紧，名誉是空言。

《浮士德》

你要欣赏自己的价值，就得给世界增添价值。

《格言篇》

否定理想的人可能容易找到，不过他是把卑鄙当作美好。

《美的格言》

大海乐于从海岸那里接受航船而任其行驶。

《浮士德》

歌

德

切不可放任自己；他必须克制自己；光有赤裸裸的本能是不行的。

《歌德的格言与感想集》

人只为献出一生而生存。

《格言篇》

思想可以再现，信仰可以长留心间，而事实却一去不复返。

《散文语录》

每人都有足够的余力去实现自己的信念。

《格言和感想集》

距离目标越近，困难就越大。

《箴言与省察》

人在奋斗时，难免迷误。

《浮士德·天上序曲》

大丈夫唯有活动不息。

《浮士德》

神圣的意念属于不屈服的心，一切的福利归诸战斗的人。

《浮士德》

喜悦中的烦恼与烦恼中的喜悦，是形影不离的。

《浮士德 I》

　　卡洛斯　你这话说得好生奇怪！我认为人生在世，仅此一遭，一个人要有力量和前途，也仅此一遭！谁不好好利用一番，谁不好好大干一场，那就是傻瓜。而结婚——一个人如果在人生的黄金时代就结婚，那就更傻！他把自己束缚在家里，作茧自缚。人生道路还没有走完一半，功名利禄就半途而废。想当初你爱上她，本来也是很自然的。但是你同她订婚，这就太愚蠢了。要是你真的履行诺言，跟她结婚，那简直是发疯。

《歌德戏剧三种》

有人认为人随着年龄的增长，会变得越来越能言善道，即使年龄增大也是跟年轻时一样。但是，人却没有办法经常地努力保有贤能。

《箴言与省察》

人只要上了一点年纪，判断事物的态度就会变得宽厚起来。我还没有见到哪一种过失是我自己绝不会犯的。

《歌德的格言与感想集》

一个人，即使驾着的是一只脆弱的小舟，但只要舵掌握在他的手中，他就不会任凭波涛的摆布，而有选择方向的主见。

《歌德的格言与感想集》

如果认为自己出身于聪明的祖先是件荣耀的事，那么至少就得承认祖宗的常识跟自己同是半斤八两。

《歌德的格言与感想集》

只有陈腐的学究才要求凡事都离不开权威。

《歌德的格言与感想集》

真正独树一帜的只是少数人，多数都是跟在别人屁股后面转的。

《歌德的格言与感想集》

人只要想摆脱自己的错误，就必须支付相当高的代价。不过，这个人从此就可以得到幸福。

《箴言与省察》

以为自己是个实际的大人物而骄傲，或将自己评价为一无是处的家伙，都是极大的错误。

《箴言与省察》

只要气度佳，每个人都会对他心存善意。如果再加上谦虚，那就更不用多说了。

《箴言与省察》

能使自己满足是非常难得有的事。但是，使别人得到满足，却是一件值得高兴的事。

《箴言与省察》

光是了解并不能算是完全，还必须能应用。
光是想也不能算是完全，必须能够付诸实行。

《箴言与省察》

一个人如果要把对他的一切要求都办到的话，就必须把他自己看得高于他的实际情况。

《歌德的格言与感想集》

每个人都应该坚持走他为自己开辟的道路，不被权威所吓倒，不受当时的观点所牵制，也不被时尚所迷惑。

《歌德的格言与感想集》

正确地了解一件事情并实现它，比做一百件事情却半途而废，更能给我们高度的教养。

《遍历时代》

人老时，必须担负起重于年轻时的工作。

《箴言与省察》

只有具备真才实学，既了解自己的力量又善于适当而谨慎地使用自己力量的人，才能在世俗事务中获得成功。

《歌德的格言与感想集》

看见一个对小事都感兴趣的人，

就能想象出，他一定能完成大事。

《警世性》

在锻冶场里必须吹火，从铁棒中除去多余的成分，并使铁柔软。但是铁纯粹时，必须打击铁棒，并加上强大的力量；而且必须加上其他的成分，铁棒才能再一次地变强。同样地，人也必须靠老师的琢磨才能成器。

《箴言与省察》

只要赞美一个人，就能跟他平起平坐。

《箴言与省察》

卑怯的人叹息沉吟，而勇者却面向光明抬起他们纯洁的眼睛。

《诗歌集·还乡曲》

谁有力量，谁就有权利。

《浮士德》

你要成长，务须靠你自己。

《浮士德》

随年龄的增加，人应该证实还有一段快乐的日子可过。

《箴言与省察》

我这一生基本上只是辛苦工作。我可以说，我活了七十五岁，没有哪一个月过的是真正的舒服生活。就好像推一块石头上山，石头不停地滚下来又推上去。

《歌德谈话录》

只有每天不得不为自由和生活而奋斗的人，才配享受自由和生活。

《浮士德》

溪水对于它为之效劳的磨坊主人是友好的；它乐于从水车的轮上倾泻而下；漠然地悄悄流过山谷，于它又有什么好处。

《歌德的格言与感想集》

心存善良比正义广大的领域，占领了更宽广的场所。

《箴言与省察》

当自己处于别人的立场时，我们对别人嫉妒与憎恶的感觉会逐渐消失。当别人处于自己的立场时，傲慢与自以为是的感觉也会大大地减低。

《箴言与省察》

直视现实，心里将产生真正的理想。

《箴言与省察》

如果你要别人尽义务而又不给他以权利，就应当付给丰厚的报酬。

《歌德的格言与感想集》

对于一心向上的人类而言，最困难的问题莫过于——认同老一辈的人当年的功绩，并不得指责他们的缺陷。

《箴言与省察》

真正的蒙昧主义并不去阻止传播真实的、明白的和有用的事物，而是使假的东西到处流行。

《歌德的格言与感想集》

不能献身于今后某种艺术或手工艺的人，将会造成某种损失。在世界迅速变迁的时代里，一旦知道某种事物消失后，就再也赶不上它的脚步。而人只要专注于一切的事情，就会在不知不觉中失去自我。

《箴言与省察》

最大的困难就在于我们不去寻找困难。

《歌德的格言与感想集》

对于一个努力奋斗的人来说，困难就在于既认可同时代长者的优点，而又不让他们的缺点妨碍自己。

《歌德的格言与感想集》

要想知道怎样对待时代的错误是困难的。如果有人钻出来反对这些错误，他就会陷于孤立；若是向这些错误屈膝，那是既不会给他带来喜悦，也不会给他带来光荣的。

《歌德的格言与感想集》

编织桂冠要比找到与它相称的脑袋容易得多。

《外国名言一千句》

意志坚强的人能把世界放在手中像揉泥块一样任意揉捏。

《赫尔曼与绿窦苔》

无论大事还是小事，只要自己是认为办得到的，就坚定地去办，这就是性格。

《歌德的格言与感想集》

伟大的人物总是通过某些弱点同他们的时代联系在一起。

《歌德的格言与感想集》

如果一个人总是让自己把这个世界看成像他的对手所描绘的那么糟，那他一定会成为一个可怜虫。

《歌德的格言与感想集》

年轻时犯的错误尚可原谅，但是到老年时还犯下同样的错误，就罪不可赦了。

《箴言与省察》

每个人都必须思考自己属于何种派别，因为在他自己的途中，经常会发现一种真实，或是发现帮助自己度过人生的真实。但是，也不应该为所欲为，应必须能统驭自己。单纯露骨的本能是不适合人类的。

《箴言与省察》

由于人们把手段当作目的，就会跟自己和别人都发生矛盾，而且在这种情况下，蛮干一通，那不是什么也干不成，就是或许竟干出了他们本来应当避免去干的事情。

《歌德的格言与感想集》

凡是属于一个人的东西，即使他把它扔掉也无法与它脱掉干系。

《歌德的格言与感想集》

不要心动！易动的心是这片不安定土地上最悲惨的财物。

《诗集》

弄错第一个扣孔的人，一定不能扣完全部的扣子。

《箴言与省察》

人都认为，自己的一生要自己来引导，但在心灵深处，却任凭命运去摆布。

《歌德的格言与感想集》

才能形成于寂静之中，

性格则形成于世间的激流之中。

《特梭》

当我犯错时，每个人都会发觉。当我吹牛时，谁也不会注意。

《箴言与省察》

人的良知是谦逊的，它甚至把羞愧当作乐事。而理性则是骄傲

的，如果理性被迫感到反悔，那就会陷入绝望。

《歌德的格言与感想集》

我们是应该保持所有的缺点比较好呢？还是把所有的缺点都培

养在自己的身上好呢？与其拥有伤害别人的缺点，还不如拥有使别

人感到快乐的缺点来得好些。

《箴言与省察》

每个人都有坏习惯，而且根本无法根除。但是相当多的人会为

了自己的坏习惯，或为了不是罪大恶极的坏习惯而毁灭。

《箴言与省察》

礼貌，是照出每个人自己姿势的镜子。

《箴言与省察》

世界上有一种因为他什么事都不想做，所以在记录上毫无错误的人。

《箴言与省察》

每人都有足够的余力去实现自己的信念。

《歌德的格言与感想集》

信念是储藏在自己家里的私人资本。

《歌德的格言与感想集》

尚未实现的目标，要比已经达到的渺小目的更珍贵。

《人生箴言录》

正义占据了广大的领域，但是心存善良占有更广大的空间。

《箴言与省察》

思想会有反复；信念坚定不移；事实一去就不复返。

《歌德的格言与感想集》

在我生平每一发展阶段或时期，我的最高理想从来不超过我当时的力所能及。

歌
德

《人生箴言录》

否定理想的人可能容易找到，不过他是把卑鄙当作美好。

《人生箴言录》

如果贤人不犯错，愚人如何能不绝望呢？

《箴言与省察》

察觉旁人的错误志向并不难，难在察觉自己的错误志向，这需要很大的神志清醒。

《歌德谈话录》

如果一个人不过高地估计自己，他就会比他自己所估计的要高得多。

《格言和感想集》

如果人们想想自己肉体上或道德上的情况，通常都会发现自己是有病的。

《格言和感想集》

赞美别人就是把自己放在同他一样的水平上。

《格言和感想集》

细心而诚实的观察者总是越来越认识到自己的局限性。

《格言和感想集》

所谓单纯，所谓天真，只不过未认清本身及其神圣的价值！

《浮士德》

只要你自己相信自己，就会得到别人的信仰。

《浮士德》

在我生平第一发展阶段或时期，我的最高理想从来不超过我当时的力所能及。

《歌德谈话录》

不义之财对灵魂有损。

《浮士德》

个人的生性里都有一种一旦公开说了出来，就必然会招到反感的东西。

《歌德的格言与感想集》

热情有极大的价值，只要我们不因此忘乎所以。

《歌德的格言与感想集》

我们的激情实际上像火中的凤凰一样，当老的被焚化时，新的又立刻在它的灰烬中出生。

《歌德的格言与感想集》

激情不过是一种强化了的好的或者坏的品质而已。

《歌德的格言与感想集》

低等动物受它的器官的指导；人类则指导他的器官并且还控制着它们。

《歌德的格言与感想集》

年轻人总是太冒进，老年人总是太落后，真正成熟的人往往被夹在他们中间，而且只有采取特殊的办法才能从中钻出来。

《歌德的格言与感想集》

唯有无法支配自己内心的人，会为了利己心与骄傲，而想去支配别人的意志。

《浮士德Ⅱ》

缺点不一定是每个人生存的必要条件。

《箴言与省察》

我们究竟是应该以什么为目标呢？

了解且不轻视社会。

《泽明·克社宁》

如果我们碰见一个应该对我们表示感激的人，我们马上就会想起来。可是我们又是多么经常地碰到一个我们应该对他表示感激的人，我们却想不起来！

《亲和力》

利己主义的信条是明哲保身，谈不到名誉、义务、情谊和感恩。

《浮士德》

小事并不能直接地反映在观察未来各种事物的眼里。

《伊凡歌尼》

那种对你的生存永远暗中诅咒的人，不能希望有一日成为你的友人。

《格言之书》

杰出的人处境总比别人更糟，因为人们既然无法跟他们相比，就总是把眼睛盯住他们不放。

《格言和感想集》

感觉是不可欺的。判断却经常被蒙蔽。

《箴言与省察》

雪是虚假的纯洁。

《格言和感想集》

尊敬旧有的基础。但是，也不能放弃再一次重新扎下根基的权利。

《箴言与省察》

人会说话，于是就以为自己有资格来谈论语言。

《格言和感想集》

现在立刻面向内心！你可以在其中看出不容置疑的高贵精神。你不会在那里迷失所有的规则吧！因为自立的良心就是你道德生活的太阳。

《诗·遗言》

浮士德

崇高的地灵，我所祈求的一切，

你都给予了我，你并没有

白白在火焰中对我显圣。

你把壮丽的自然给我做王国，

给我领会、欣赏的力量，你不但

允许我做一次冷静、惊异的造访，

也让我观察自然的深奥胸膛，

就像透视朋友的内心一样。

你率领着一队一队的众生

走过我面前，介绍这些林中、

空中、水中的弟兄跟我见面。

当暴风在林中咆哮、哗啦哗啦地喧响，

巨大的枞树倒了下去、压坏

那些邻树的树枝、邻树的树干，

山岗传出沉郁、空洞的回声，

你就领我去安全的山洞，指点我

进行内省，于是我自己胸中

秘藏的深深的神奇就豁然开朗。

每逢纯洁的月亮在我跟前

抚慰地升起，那时从山壁上面，

从潮湿的丛林里就浮现出

太古时代的银白色的仙姿，

缓和我对于观察的渴望。

我如今感到，并没有完美的东西

赐予世人。你给我这种喜悦，

使我跟神道越来越趋于接近，

另外又送个同伴给我，我已经

少不了他，尽管他冷酷嚣张，

使我自卑自抑，他说一句话，

就把你的恩赐化为乌有。

他忙碌地在我的胸中煽起

一团烈火，眷恋那美丽的姿影。

我就这样从欲望拐到享乐，

而在享乐中又渴慕新的欲望。

《浮士德》

梅非斯特

不给你规定条条框框。

你高兴，可以到处抓取，

逃跑时，也尽可以窃取，

你喜欢的，就请你品尝。

大胆地动手，不要畏缩！

浮士德

听着，问题并不在于快乐。

我要献身于沉醉、最痛苦的欢快、

迷恋的憎恨、令人爽适的愤慨。

我的心胸，求知欲已告熄灭，

今后对任何痛苦都视若等闲，

凡是赋予全体人类的一切，

我要在我内心里自我体验，

用这种精神掌握高深的至理，

把幸与不幸堆积在我的心里，

将我的小我扩充为人类的大我，

最后我也像人类一样没落。

《浮士德》

我的理性与才能，比心的评价更高。但是，心是我唯一的荣誉，只有心对我而言是所有东西、所有力量、所有幸福、所有灾祸的源泉。我所知道的事，谁都能知道。但是只有心，才是我唯一能拥有的。

《箴言与省察》

"告诉我，你为什么不断地返老还童呢？"

对你的成就，我们只感觉到伟大人物的喜悦。

伟大经常是新鲜，并持续温暖、活泼的。

在卑微中，人只有冻得打战的份儿。

《警世性》

损失钱财——到底损失了多少？只要你立刻重新盘算，新的财富一定手到擒来。

损失名誉——这才是重大损失。你必须重新获得好评，也只有获得好评，人们才会改变对你的看法。

失去勇气——就等于失去所有。

《泽明·克社宁》

我们固然生下来就有些能力，但是我们的发展要归功于广大世界千丝万缕的影响，从这些影响中，我们吸收我们能吸收的和对我们有用的那一部分。我有许多东西要归功于古希腊人和法国人，莎士比亚、斯泰恩和哥尔斯密给我的好处更是说不尽的。但是这番话并没有说完我的教养来源，这是说不完的，也没有必要。关键在于要有一颗爱真理的心灵，随时随地碰见真理，就把它吸收进来。

《歌德谈话录》

我所使用过的所有美好事物，都是从造型美学中得来的。

《荷姆与多萝蒂亚》

从自己的错误中解脱出来，是非常困难的事。而这对于有伟大精神与才能的人，也经常是不可能办到的事。接受别人的错误，而且一味地固执己见的人，已经显示出他缺乏动力的事实。错误本身的顽固令人生气，错误模仿者的固执更令人不愉快。

《色彩学》

气氛最和谐的会议，就属于会员间能互相明朗地支配尊敬气氛的会议。

《箴言与省察》

只有具备判断力的人，才能抓住正确的道路。当面临选择时，不知所措、心情混乱，只会徒增其危险性。

《荷姆与多萝蒂亚》

防患于未然，否则事后事情就更复杂了。

《箴言与省察》

对于一般人而言，思想家是没有需要的，他们只需要自己就够了。

《人性的》

只有面对巨匠的作品，

才能清楚地了解它的伟大。

只有看了自己做的烂东西，

才深刻地了解自己所学不足。

《警世性》

"我自幼就熟悉莫里哀，热爱他，并且毕生都在向他学习。我从来不放松，每年必读几部他的剧本，以便经常和优秀作品打交道。这不仅因为我喜爱他的完美的艺术处理，特别是因为这位诗人的可爱的性格和有高度修养的精神生活。他有一种优美的特质、一种妥帖得体的机智和一种适应当时社会环境的情调，这只有像他那样生

115

性优美的人每天都能和当代最卓越的人物打交道，才能形成的。对于麦南德，我只读过他一些残篇断简，但对他怀有高度崇敬，我认为他是唯一可和莫里哀媲美的伟大希腊诗人。"

《歌德谈话录》

每个人都自信有自知之明，因此，有许多人彻底失败了，还有许多人长期在迷途上乱窜。可是现在却没有时间去乱窜了。在这一点上，我们老年人是过来人，如果你们青年人愿意重蹈我们老年人的覆辙，我们的尝试和错误还有什么用处呢？这样，大家就无法前进了。我们老一辈子走错路是可以原谅的，因为我们原来没有已铺平的路可走。但是对入世较晚的一辈人要求就更要严格些，他们不应该老是摸索和走错路，应该听老年人的忠告，马上踏上征途，向前迈进。向着某一天终于要达到的那个终极目标迈步还不够，还要把每一步骤都看成目标，使它成为步骤而起作用。

《歌德谈话录》

"无论在宗教方面、科学方面，还是在政治方面，我一般都力求不撒谎，有勇气把心里所感到的一切照实说出来。"

《歌德谈话录》

"一个人不能骑两匹马，骑上这匹，就要丢掉那匹。聪明人会把凡是分散精力的要求置之度外，只专心致志地去学一门，学一门就要把它学好。"

《歌德谈话录》

"总的来说，一个作家的风格是他的内心生活的准确标志。所以一个人如果想写出明白的风格，他首先就要心里明白；如果想写出雄伟的风格，他也首先就要有雄伟的人格。"

《歌德谈话录》

"美文学领域的情况也并不比较好。伟大的目标，对真理和德行的爱好和宣扬，在这个领域里也是很稀罕的现象。甲吹捧乙，支持乙，因为希望借此得到乙的吹捧和支持。真正伟大的东西在这班人看来是可厌恨的，他们总想使它淹没掉，让他们在'猴子世界称霸王'。大众如此，显要人物们也好不了多少。"

《歌德谈话录》

"某人凭他的卓越才能和渊博学识本来可以替本民族做出很大的贡献。但是由于他没有人格，他没有在我国产生非凡的影响，也没有博得国人的崇敬。"

《歌德谈话录》

"一些个别的研究者和作者们人格上的欠缺，是最近我们文学界一切弊病的根源。特别在批评方面，这种缺点对世界很有害，因为它不是混淆是非，就是用一种微不足道的真相去取消对我们更好的伟大事物。"

《歌德谈话录》

我们所缺乏的是一个像莱辛似的人，莱辛之所以伟大，全凭他的人格和坚定性！那样聪明博学的人到处都是，但是哪里找得出那样的人格呢！

《歌德谈话录》

"很多人足够聪明，有满肚子的学问，可是也有满脑子的虚荣心，为着让眼光短浅的俗人赞赏他们是才子，他们简直不知羞耻，对他们来说，世间没有什么东西是神圣的。"

《歌德谈话录》

无聊乃是一种不良的杂草/可也是增加消化的作料。

《歌德诗集》

吹牛拍马骗吃喝/如今没法再过活/脚下　鞋子已跳破/跑路只好光着脚。

《浮士德》

一个主人有两个仆人/就不会服侍得称心/一个家里有两个女佣人/就不会打扫得干净。

《歌德诗集》

虚荣是适合于肤浅的美人。

《外国名言一千句》

你总得要升降浮沉/不是成功而支配他人/就是失败而听命于人/不是忍辱，就是获胜/不做铁锤，就做铁砧。

《科夫塔之歌》《歌德诗集》

任何人，即使是最伟大的人。如果他将一切都归功于自己，他就将无法前进一步。

《歌德谈话录》

你若要喜爱自己的价值，你就得给世界创造价值。

《格言诗》

你若失去了财产——你只失去了一点儿，

你若失去了荣誉——你就丢掉了许多，

你若失掉了勇敢——你就把一切都失掉了！

《论文学、艺术与科学》

胆小鬼只有在没有危险的情况下才能吓唬住人。

《托夸多·塔索》

是愚人才把眼睛仰望着天空，以为有自己的同类高耸云端。

119

《浮士德》

人总归是人，哪怕他有一点儿理智，到他热情奔放，冲破了人性的界限时，理智便很少管用，甚至根本不起作用。

《少年维特之烦恼》

荣誉不能寻找，任何追求荣誉的做法都是徒劳的。

《外国名言一千句》

一言蔽之，变成现在的我，是我从小心中模模糊糊的愿望及计划。到现在，我还是抱持着这种想法。

《威尔瀚·麦斯提尔·学习时代》

只有做完你本分中正确的工作，
才能自然而然地完成其他事情。

《警世性》

你真是个非常性急的人，一边开门，一边走过门前。

《警世性》

除非是真正地出自你的肺腑之言，否则绝无法使人由衷地感动。

《浮士德 I》

自发性勇敢而战者，始能欣然地接受英雄式的赞美。

无法忍受寒暑煎熬者，无法了解人类的价值。

《西东诗集》

抗辩与阿谀，这两种都是困难的对话。

《箴言与省察》

休息、悠闲、等待、耐心——所有的这些就等于是思维！

《瞧这个人》

克服癖好很困难：如果再加上习惯，逐渐逐渐地生根，它就不能被征服。

《四季》《野蔷薇》

试验会随着年龄增大。

《箴言与省察》

诚实地使用你的时间，

一旦想抓住什么，就不能一味地搜寻远方。

《警世性》

直视现实，心里将产生真正的理想。

《箴言与省察》

歌德

要使我们的本性从为数众多的铁锈中解放出来使我们的心纯粹无垢，必须靠一把巨大的铁锤。

《杰寇比》

当你遇到同样的事情两次，都无法体验其中的奥妙时，应该立刻投身其中，并克尽己力，使自己能生存于其中。

《箴言与省察》

经常与自己一致的人，也经常与别人一致。

《箴言与省察》

世界上没有任何事情比行动的无知更恐怖。

《箴言与省察》

122

个人·集体

"事实上我们全都是些集体性人物，不管我们愿意把自己摆在什么地位。严格地说，可以看成我们自己所特有的东西是微乎其微的，就像我们个人是微乎其微的一样。我们全都要从前辈和同辈学习到一些东西。就连最大的天才，如果想单凭他所特有的内在自我去对付一切，他也绝不会有多大成就。可是有许多本来很高明的人却不懂这个道理。他们醉心于独创性这种空想，在昏暗中摸索，虚度了半生光阴。我认识过一些艺术家，都自夸没有依傍什么名师，一切都要归功于自己的天才。这班人真蠢！好像世间竟有这种可能似的！好像他们不是在每走一步时都由世界推动着他们，而且尽管他们愚蠢，还是把他们造就成了这样或那样的人物！对，我敢说，这样的艺术家如果巡视这间房子的墙壁，浏览一下我在墙壁上挂的那些大画家的素描，只要他真有一点天才，他离开这间房子时就必然已成了另一个人，一个较高明的人了。

《歌德谈话录》

"一般说来，我们身上有什么真正的好东西呢？无非是一种要把外界资源吸收进来、为自己的高尚目的服务的能力和志愿！我可以谈谈自己，尽量谦虚地把自己的体会说出来。在我的漫长的一生中我确实做了很多工作，获得了我可以自豪的成就。但是说句老实话，我有什么真正要归功于我自己的呢？我只不过有一种能力和志愿，去看去听，去区分和选择，用自己的心智灌注生命于所见所闻，然后以适当的技巧把它再现出来，如此而已。我不应把我的作品全归功于自己的智慧，还应归功于我以外向我提供素材的成千成万的事情和人物。

《歌德谈话录》

道德方面的美与善可以通过经验和智慧而进入意识，因为在后果上，丑恶证明是要破坏个人和集体幸福的，而高尚正直则是促进和巩固个人和集体幸福的。

《美的格言》

"如果追问某人的某种成就是得力于自己还是得力于旁人，他是全凭自己工作还是利用旁人工作，这实在是个愚蠢的问题。关键在于要有坚强的意志、卓越的能力以及坚持要达到目的的恒心，此外都是细节。所以米拉波尽量利用外在世界的各种力量，是完全做得对的。他具有识别才能的才能，有才能的人被他那种雄强性格的魔力吸引住，愿意听从他的指挥和受他领导。所以他有一大批既有卓越才能又有势力的人围绕在他的身边，为他的热情所鼓舞，被他动员起来为他的高尚目的服务。他懂得怎样和旁人合作，怎样利用旁人去替他工作；这就是他的天才，这就是他的独创性，这也就是他的伟大处。"①

《歌德谈话录》

克拉维戈　卡洛斯，你的力量闪着火花！你的勇气大得惊人！

卡洛斯　这种火花在你心里沉睡，我要把它吹旺，直到它燃起火焰。

请看看另一面，幸福和伟大期待着你。我不想把你的这种前程涂上富有诗意的五彩；请你自己好好地设想一下……不过，克拉维戈，径直走你自己的路，不向左右张望，这也是了不起的！但愿你的心灵大大扩展，伟大的感情确实把你征服；非凡人物之所以成为非凡人物，因为他们的职责和普遍人的职责大相径庭；非凡人物的任务在于：综观一个伟大的整体、统治这个整体，维护这个整体；不用责备自己，不拘小节，情愿为整体利益牺牲小利。造物主在大自然中就这样做，国王在国家中就这么做——为了像他们那个样子，为什么我们不应该这样做？

《克拉维戈》

---

① 歌德临死前一个月的这篇谈话提出一个极重要的论点：伟大人物的伟大成就不应归功于他个人的所谓"天才"，而应归功于当时社会动态和他接触到的前辈和同辈的教益，他只不过是伸手去收割旁人替他播种的庄稼。在这个意义上，每个人都是个"集体性人物"，都代表当时社会中的群众和文化教养。这个观点在两点上很重要：

第一，歌德在"天才"问题上向来是有矛盾的。他有时似乎很相信天才，特别是他多次认真地谈论过"精灵"。但他有时又似乎怀疑天才，把学习和工作实践看得比自然资禀更重要，这篇谈话便是明证。他是摸索了很久到临死时才把问题弄清楚的。

其次，歌德一向轻视群众，这篇谈话却把个人看成"集体性人物"，不能是脱离社会、脱离群众的人，这在认识上也大大前进了一步。不过他在政治上持保守立场，因而同人民群众相结合的问题在他就不可能得到彻底解决。

"精灵是知解和理性都无法解释的。我的本性中并没有精灵，但是要受制于精灵。"

《歌德谈话录》

歌德说："对，他（指拿破仑——编者注）完全是具有最高度精灵的人物，没有旁人能比得上他。我们已故的大公爵也是个精灵人物。他有无限的活动力，活动从不止息，他的公国对他实在太小了，做最伟大的东西在他眼里也太渺小。古希腊人曾把这种精灵看作半神。"

《歌德谈话录》

歌德回答，"显得特别突出，尤其是在一切不是知解力和理性所能解释的事件里。在整个有形的和无形的自然界，精灵有多种多样的显现方式。许多自然物通体是精灵，也有些只有一部分是精灵。"

《歌德谈话录》

歌德说："那个恶魔太消极了，不能具有精灵，精灵只显现于完全积极的行动中。"

《歌德谈话录》

"在艺术家之中，音乐家的精灵较多，画家的精灵较少。帕迦尼尼（意大利音乐家，擅长小提琴——编者注）显出了高度精灵，所以产生顶大的效果。"

《歌德谈话录》

歌德说:"精灵在诗里到处都显现,特别是在无意识状态中,这时一切知解力和理性都失去了作用,因此它超越一切概念而起作用。"

《歌德谈话录》

"音乐里显出最高度的精灵,高到非知解力所可追攀,它所产生的影响可以压倒一切而且无法解释。所以宗教仪式离不开音乐,音乐是使人惊奇的首要手段。"

《歌德谈话录》

"精灵常在一些重要人物身上起作用,特别是身居高位的人,例如弗里德里希大帝和彼得大帝之类。"

《歌德谈话录》

"精灵在拜伦身上大概是高度活跃的,所以他对广大群众有很大的吸引力,特别是能使妇女们一见倾倒。"

《歌德谈话录》

志向·成才

人类最大的两个敌人：恐惧和希望。

《浮士德》

如果我们在想象中占有了自己希冀的事物，那么，我们离自己的愿望就不会太远了。

《亲和力》

我曾信仰过，现在才真正信仰/不管世道怎样离奇反常/我总是坚持信心/不管常常碰到黑夜漫漫/逼人的艰难，危险的边缘/总会又出现光明。

《习惯成自然》

只有刚强的人/才有神圣的意志/凡是战斗的人/才能取得胜利！

《浮士德》

壮志和热情是伟大的辅翼。

《浮士德》

我们不应当希望别人的生活狼狈不堪，但是万一某人的生活狼狈不堪，这对他的性格来说，就是一种考验，而且可以看出他的决心有多大。

《歌德的格言与感想集》

什么会造成负债？

等待和忍耐！

什么会获得成就？

不考虑太久！

《又五者》

凡是认识到的，便要赶快把握。

《浮士德》

"人们不认真对待全局，不想为全局服务，每个人只求自己出风头，尽量在世人面前露一手。到处都可以看到这种错误的企图。人们在仿效新近的卖弄技巧的音乐家，不选择使听众获得纯粹音乐享受的曲调来演奏，只选择那种能显示演奏技巧的曲调去博得听众喝彩。到处都是些想出风头的个人，看不见为全局和事业服务而宁愿把自己摆在后面的那种忠诚的努力。"

《歌德谈话录》

"人们不知不觉地养成了马马虎虎的创作风气。人们从儿童时代起就已在押韵做诗，做到少年时代，就自以为大有作为，一直到了壮年时期，才认识到世间已有的作品多么优美，于是回顾自己在已往年代里浪费了精力，走了些毫无成果的冤枉路，不免灰心丧气。不过也有许多人始终认识不到完美作品的完美所在，也认识不到自己作品的失败，还是照旧马马虎虎地写下去，写到老死为止。"

《歌德谈话录》

"如果尽早使每个人都学会认识到世间有多么大量的优美的作品，而且认识到如果想做出能和那些作品媲美的作品来，该有多少工作要做，那么，现在那些做诗的青年，一百个人之中肯定难找到一个人有足够的勇气、恒心和才能，来安安静静地工作下去，争取达到已往作品的那种高度优美。有许多青年画家如果早就认识和理解到像拉斐尔那样的大师的作品究竟有什么特点，那么，他们也早就不会提起画笔来了。"

《歌德谈话录》

"我自己在许多不属于我本行的事物上浪费了太多的时间。我一想到维迦写了多少剧本，就觉得自己写的诗作实在太少了。我本来应该更专心搞自己的本行才对。"

《歌德谈话录》

聪明的人就是最好的百科全书。

《歌德的格言与感想集》

如果一个聪明人干了一件蠢事，那就不会是一件小小的蠢事。

《歌德的格言与感想集》

一个聪明人发现差不多每样事物都是可笑的，而一个老于世故的人发现几乎没有什么事物是可笑的。

《歌德的格言与感想集》

进行统治的不是聪明的人，而是聪明本身；不是干练的人，而是干练本身。

《歌德的格言与感想集》

天才有两种型。

一种是每个人都想成为的天才型。一种是高兴能由其他地方受孕所生的天才型。

《箴言与省察》

歌德回答说，"真正的才能对形象、关系和颜色要有天生的敏感，不要多少指导，很快就会处理得妥帖。对物体形状要特别敏感，还要有一种动力或自然倾向，能通过光照把物体形状画得仿佛伸手可摸那样活灵活现，纵使在练习间歇期间，画艺仍在下意识里进展和增长。这样一种才能是不难认识出的，认识得最准确的是画师。"

《歌德谈话录》

天才所要求的最先和最后的东西都是对真理的热爱。

《歌德谈话录》

才能不是天生的，可以任其自便的，而是要钻研艺术，请教良师，才会成才。

《外国名言一千句》

一切才能都要靠知识营养，这样才会有施展才能的力量。

《人生箴言录》

天才与创造性是两种非常类似的东西，因为天才是创造力以外的任何东西。人能出现在神与自然的面前，而人所以能以成果性、持续性的行为出现，完全是凭借着这种力量。莫扎特的全部作品都属于这种情形。他的作品里存在着生生不息的力量，这股力量使得世世得以持续运转，并且这股力量也不会马上干竭用尽。其他伟大的作品家与艺术家，也都适用于这种情形。

《歌德谈话录》

热爱真理是对天才的唯一要求。

《散文语录》

天才的行动在某种意义上说是无所不在的：在未有经验之前他追求的是一般真理，在有了经验之后他追求的是特殊真理。

《歌德的格言与感想集》

独立性是天才的基本特征。

《人生箴言录》

即使是最伟大的天才，如果他把一切都归功于他自己，那么他将无法前进一步。

《人生箴言录》

天才所要求的最先和最后的东西，都是对真理的热爱。

《人生箴言录》

如果是玫瑰，它总会开花的。

《外国名言—千句》

天才最伟大的贡献即是把一件寻常的事用精彩的妙笔写下来。

《外国名言一千句》

天才也不能长生不死，这是凡夫最大的安慰。

《外国名言一千句》

天才所要求的最先和最后的东西都是对真理的热爱。

《外国名言一千句》

我们全部要从前辈和同辈学习到一些东西，就连最大的天才，如果单凭他所特有的内在自我去对付一切，他也绝不会有多大成就。

《外国名言一千句》

智慧只存在于真理之中。

《歌德的格言与感想集》

"才能当然不是天生的，不过要有一种适当的身体基础，一个人是头胎生的还是晚胎生的，是父母年轻力壮时生的，还是父母衰弱时生的，并不一样。"

《歌德谈话录》

"音乐才能很可以出现最早，因为音乐完全是天生的，表达内心情感的，用不着从外界吸收多少营养或从生活中吸取多少经验。不过像莫扎特那样一种现象实在永远是个无法解释的奇迹。是不是老天爷到处找机会创造奇迹，有时也凭依个别的非凡的凡人，使我们看到徒感惊奇，而不知道这是从何而来的呢？"

《歌德谈话录》

"我们看得出这位年轻人有才能，只是他全靠自学，因此，你们对他不应赞赏而应责备。才能不是天生的，可以任其自便的，而是要钻研艺术，请教良师，才会成才。近几天我读了莫扎特答复一位寄些乐谱给他看的男爵的信，大意是说，'你这样稍事涉猎艺术的人通常有两点毛病应受责备！一是没有自己的思想而抄袭旁人的思想，一是有了自己的思想而不会处理。'这话说得多么好！莫扎特关于音乐所说的真话不是也适用于其他艺术吗？"

《歌德谈话录》

"莎士比亚并不是一个适合在舞台上演的剧体诗人。他从来不考虑舞台。对他的伟大心灵来说，舞台太狭窄了，甚至这整个可以眼见的世界也太狭窄了。"

《歌德谈话录》

"达·芬奇说，'如果你的儿子没有本领用强烈的阴影把所作的素描烘托出来，使人觉得可以用双手把它抓住，那么，他就没有什么才能。'达·芬奇在下文又说，'如果你的儿子已完全掌握透视和解剖，你就把他送交一个好画师去请教。'……现在我们的青年艺术家还没有学通这两门学问，就离开师傅了。时代真是变了。"

《歌德谈话录》

天才所要求的最先和最后的东西都是对真理的热爱。

《外国名作家传》

我的遗产多么壮丽而浩瀚！时间是我的产业，我的田产是时间。

《格言之书》

如果你们青年人愿意重蹈我们老年人的覆辙，我们的尝试和错误还有什么用处呢？这样，大家就无法前进了。

《歌德谈话录》

要成就大事业，就要趁青年时代。

《歌德谈话录》

在今天和明天之间，有一段很长的时期；趁你还有精神的时候，学习迅速地办事。

《格言篇》

人生一世不就是为了化短暂的事物为永久的吗？

《格言和感想集》

把时间用得节省些，我很可能把最珍贵的金刚石拿到手。

《中外比喻辞典》

呃，好朋友，要成就大事业，就要趁青年时代。拿破仑不是唯一的例子……历史上有成百上千的能干人在青年时期就已在内阁里或战场上立了大功，博得了巨大的声誉。

《歌德谈话录》

在今天和明天之间，有一段很长的时期；趁你还有精神的时候，学习迅速地办事。

《格言诗》

大海永远在流，陆地永不能将它挽留。

《格言之书》

什么可以缩短时间？

活动频繁！

什么使时间长得难堪？

游手好闲！

《德国诗选》

创造一切非凡事物的那种神圣的爽朗精神，总是同青年时代和创造力联系在一起的。

《歌德随想录》

好朋友，要成就大事业，就要趁青年时代。

《歌德谈话录》

善于利用时间的人，永远找得到充裕的时间。

《歌德谈话录》

正当地利用你的时间！你要理解什么，不要舍近求远。

《格言诗》

我的产业是这样美，这样广，这样宽，时间是我的财产，我的田地是时间。

《歌德谈话录》

最值得高度珍惜的莫过于每一天的价值。

《格言和感想集》

对青年要让他看到高贵、成熟的老年的意义，对老人要示以青春，让二者都安于永远的循环，使生活在生活之中完满！

《歌德叙事诗集》

凡是有才能的人总会受到外在世界的压迫。

《歌德谈话录》

只有具备真才实学，既了解自己的力量又善于适当而谨慎地使用自己力量的人，才能在世俗事务中获得成功。

《格言和感想集》

只要播种，自有收获的时期。

《浮士德》

才能在退隐中得以发挥，而个性却在闯荡中形成。

《塔索》

既要懂行，又要有才能。这两点都是难能罕见的，如果不结合在一起，就很难收到好效果。

《歌德谈话录》

成功要走正当的途径！

《浮士德》

你不走错路，就不会懂得事理！

《浮士德》

只有失败者才真正领会别人所做的事情是做得怎样对。

《格言之书》

才能不是天生的，可以任其自然的，而是要钻研艺术。请教良师，才会成材。

《歌德谈话录》

139

一切才能都要靠知识来营养，这样才会有施展才能的力量。

《歌德谈话录》

我们全都要从前辈和同辈那里学习到一些东西。就连最伟大的天才，如果单凭他所特有的内在自我去对待一切，他也绝不会有多大成就。

《歌德谈话录》

一个人获得尘世荣华富贵，无论是凭自己的才能，还是凭继承权，事实上都一样。享有这种权利的头一代人一般都还是有才能的人，有足够的本领去利用旁人的愚昧和弱点来使自己占便宜。这个世界里充满着头脑糊涂的人和疯人，用不着到疯人院去找。这令我想起一件事：已故的大公爵，知道我讨厌疯人院，有一次想把我突然带到疯人院里去看一看。但是我及时地察觉到他的意图，就告诉他说，"我没有感到有必要去看关起来的疯人，在世间自由行走的疯人我已经看够了。"我说，"我宁愿跟殿下下地狱，也不愿进疯人院。"

《歌德谈话录》

歌德回答说："天才和创造力很接近。因才天才到底是什么呢？它不过是成就见得上帝和大自然的伟大事业的那种创造力，因此天才这种创造力是产生结果的，长久起作用的。莫扎特的全部乐曲就属于这一类，其中蕴藏着一种生育力，一代接着一代地发挥作用，取之不尽，用之不竭。"

《歌德谈话录》

读书·学习

光翻书本的学者，最终会完全丧失思考能力，不翻书的时候就不会思考了。

《瞧！这个人·自序》

我要哪一种读者？最无偏见者，忘了我忘了他自己和世界，只在书本中生活者。

《四季》《野蔷薇》

我经常注意的是我敌人的优点，并且发现这样做大有好处。

《格言和感想集》

在这个世界上，比别人懂得多并没有什么了不起的；了不起的是每时每刻都比别人懂得多。

《席间闲谈》

掌握知识对于一个人来说是不够的，应当善于使知识得到发展。

《外国名言一千句》

知识是人类的保护神。

《格言之书》

有的人把他们的知识放在眼力所及的地方。

《歌德的格言与感想集》

一个目光敏锐、见识深刻的人，倘又能承认自己的局限性，那他离完人就不远了。

《歌德的格言与感想集》

我最宝贵的思维及其最好的表达方式，就是当我散步时出现的。

《歌德谈话录》

理论本身对它自己是没有用处的，但它却使我们相信各种现象之间的关联性。

《歌德的格言与感想集》

辩证法是一种辩驳的精神文化，人类有了辩证法就能学会觉察出事物之间的差别。

《歌德的格言与感想集》

可能有广采各家之言的哲学家，可是却没有采纳各家之言的哲学。

《歌德的格言与感想集》

理论通常总是粗枝大叶的知解力匆匆忙忙作出的结果。由于这种知解力往往喜欢避开现象，所以它就用图像、概念，有时甚至只是用词语来取代现象。

《歌德的格言与感想集》

理论是灰色的，生活之树是常青的。

《浮士德》

智者在千年前已经回答的问题，却被无知的人类在千年后，又得意地提了出来。

《箴言与省察》

我们所做的真与善，大部分都是在暗中进行，且是不要求代价而断然进行的。

《箴言与省察》

如果你想从大自然索取些什么东西，就要缓慢而顽强地去接近它。

《歌德的格言与感想集》

新参加进来的人能够发现那些曾仔细察看的人所没有发现的东西。

《歌德的格言与感想集》

世界上我们用自己的双眼最难看见的事情是什么？就是摆在我们面前的事情。

《歌德的格言与感想集》

不花费劳动就没有真正的伟大事业。

《歌德的格言与感想集》

……不要回避任何一项人类擅长的科学活动。

《歌德的格言与感想集》

能够运用已知的内容去掌握自己未知的知识，并为此去接近老师的，才是真正的学生。

《歌德的格言与感想集》

追求对象的扩展称为"学习"，而捕捉对象的深度则称为"发现"。

《箴言与省察》

我们尊重古代的基础，但是也不放弃现在重新建设的权利。

《箴言与省察》

我们最好随自己之所好来认识世界。

因为世界如果有明亮的表面，也一定会有黑暗的背面。

《箴言与省察》

对于不喜欢的东西，是丢弃它好呢？还是改善它好呢？

《箴言与省察》

并不是所有的东西都无法理解。

《箴言与省察》

不假思索的观望是令人生厌的。当缺乏制定工作更新的想法时，我就像个病人似的。

《歌德的格言与感想集》

什么是最好的政府？那就是指导我们去治理我们自己的政府。

《歌德的格言与感想集》

思想会再度回转，确信也会传播四方，但是状况一旦失去，就不能有回头的机会。

《箴言与省察》

我能确保正直，却不能保证没有偏见。

《散文语录》

人可以依照各种眼光来观察事物。虽然各自在自己行进的道路上所探究出的，也只有真理或类似真理的东西，但是已探究出的真理，却对人的一生大有助益。

《箴言与省察》

思想活跃而又怀着务实的目的去进行最现实的任务，就是世界上最有价值的事情。

《歌德的格言与感想集》

每一个从自己周边所发生的事物中选取跟自己生性相适合的东西的人，都是一个采选家，就理论或者实践来说，文化与进步的意义也就在于此。

《歌德的格言与感想集》

与美丽相比，丑陋愈是丑陋！／与聪明相比，愚蠢更显愚蠢！

《浮士德》

缺乏思虑，经常是无可遁形与有路可循的。

《箴言与省察》

凡是值得思考的事情，没有不是被人思考过的；我们必须做的只是试图重新加以思考而已。

《歌德的格言与感想集》

谁不用脑子去思索，到头来他除了感觉之外将一无所有。

《歌德的格言与感想集》

事前的思考是简单的，事后的回想却是多种多样的。

《歌德的格言与感想集》

在剧院里我们从所见所闻中获得的乐趣，就限制了我们的思考。

《歌德的格言与感想集》

沉浸在一个伟大的思想中，就意味着把不可能的看作似乎是可能的。

《歌德的格言与感想集》

我们可不可以说，人只是在他无法把正在想的东西想清楚的时候，才是在思考？

《歌德的格言与感想集》

人应当相信，不了解的东西总是可以了解的，否则他就不会再去思考。

《外国名言一千句》

感观并不欺骗人，欺骗人的是判断力。

《歌德的格言与感想集》

拥有深度的洞察力且能自制的人，已经几乎接近"完成"了。

《箴言与省察》

疑惑随着知识而增长。

《格言和感想集》

任何一句说出来的话都会引起反面的意思。

《亲和力》

歌德接着很高兴地说："可是你得向我致敬。拿破仑在行军时携带的书籍中有什么书？有我的《少年维特》！"

《歌德谈话录》

"他就像刑事法官研究证据那样仔细研究过。他和我谈到《少年维特》时也显出这种认真精神。布里安在他的著作里把拿破仑带到埃及的书开列了一个目录，其中就有《少年维特》。这个目录有一点值得注意，所带的书用不同的标签分了类。例如在政治类里有《旧约》《新约》和《古兰经》，由此可知拿破仑是怎样看待宗教的。"

歌德说："我脑子里浮起了一些奇怪的感想。这部诗已用五十年前由伏尔泰统治的那种法文译出供人阅读了。你无法了解我对这一点的感想，因为你对伏尔泰及其同时代的伟大人物在我青年时代产生过多大影响以及他们那批人统治整个文明世界的情况，都毫无概念。我在自传里也没有说清楚这批法国人对我青年时代的影响，以及我费过大力使自己不受这种影响的束缚以便立定脚跟，正确地对待自然。"……

《歌德谈话录》

为恶意和憎恨所局限的观察者，即使具有敏锐的洞察力，也只能见到表面的东西；但是当敏锐的洞察力同善意和热爱相结合，就能探到人和世界的最深处，而且还有希望达到最崇高的目标。

《歌德的格言与感想集》

历史家的任务在于区别真实的和虚伪的，确定的和不确定的，以及可疑的和不能接受的。

《歌德的格言与感想集》

这种想象力的先决条件就是要有开阔的冷静的头脑，把活的世界及其规律都巡视遍，而且能够运用它们。

《歌德谈话录》

怀疑主义者思想的一个普遍品格是，它总倾向于追究某一特殊的论断是否确实属于某一特殊的对象，这种追究的目的就在于把由此发现和证明的事物稳当地付诸实施。

《歌德的格言与感想集》

幻想是诗人的翅膀，假设是科学家的天梯。

《人生箴言录》

有想象力而无鉴别力是世上最可怕的事。

《外国名言一千句》

学者们，特别是多数的学者们，一定认为我的思想糊涂透顶，或者甚至更认为我骄傲自大、不知反省。但是，诸君可知道其中的原委吗？那只因为我不是个专家。

《箴言与省察》

所有的知识都是象征性的。

《席间闲谈》

知识的历史犹如一支伟大的复音曲，在这支曲子里依次响起各个民族的声音。

《歌德的格言与感想集》

最可怕的事莫过于无知而行动。

《歌德的格言与感想集》

无知是成功的大碍，其严重性远非我们想象所及。

《歌德的格言与感想集》

一个人要认清这一切，首先要到了相当的年纪才行，其次是要有足够的钱为经验付出代价。我为我的每一个警句都要花去一袋钱。我花去了五十万私财，才换得现在我所有的这一点知识。我花去的不只是我父亲的全部财产，还有我的薪俸以及五十多年的大量稿费版税收入。此外和我关系很亲密的公侯贵人们为我所参加的一些大事业也花去了一百五十万，他们的措施及其成功和失败之中都有我的一份。

《歌德谈话录》

最合理的办法是每个人都推动他本行的事业，这一行是他生下来就要干而且经过学习的，不要妨碍旁人做他们的分内事。让鞋匠守着他的楦头，农人守着他的犁头。国王要懂得怎样治理国家，这也是一行需要学习的事业，不懂这一行的人就不应该插手。

《歌德谈话录》

莎士比亚给我们的是银盘装着金橘。我们通过学习，拿到了他的银盘，但是我们只能拿土豆来装进盘里。

《歌德谈话录》

人们老是谈要学习古人，但是这没有什么别的意思，只是说，要面向现实世界，设法把它表达出来，因为古人也正是写他们在其中生活的那个世界。

《歌德谈话录》

世上哪儿有十全十美/不缺这，就缺那，这儿缺少的是金钱/地板下固然扒它不出/可是智慧却懂得朝深处挖掘/在矿脉中，在墙垣下/金币和金块到处可查/你们要问我：谁能把它掘起/那得靠聪明人的天资和智力。

《浮士德》

我们要学习的不是同辈人和竞争对手，而是古代的伟大人物。他们的作品从许多世纪以来一直得到一致的评价和尊敬。一个资禀真正高超的人就应感觉到这种和古代伟大人物打交道的需要，而认识这种需要正是资禀高超的标志。让我们学习莫里哀，让我们学习莎士比亚，但是首先要学习古希腊人，永远学习希腊人。

《歌德谈话录》

并不是所有的东西都无法理解。

《箴言与省察》

人不光是靠他生来就拥有的一切，而是靠他从学习中所得到的一切来造就自己。

《歌德的格言与感想集》

给人重要印象的书，不肆意地批评才是正确的。批评完全是现代人的习惯，所以那又有什么意思呢？我们读一本书，并让这本书在我们身上发生效力，且献身于这种效力。如此一来，我们或者才能对那本书作正确的判断。

《与米勒的谈话》

古往今来，从来不是时代而是一些单枪匹马的个人在埋头于学问。

《歌德的格言与感想集》

批评作品艰深难懂的读者，首先必须反省自己内心是否明白清楚。

因为，在薄暮的光线中，是无法清楚地看出字体的。

《箴言与省察》

在莎士比亚的戏曲中，时常会出现缺乏精巧之处。但是，他的戏曲水准却在所有戏曲之上。所以，莎士比亚堪称是伟大的作家。

《歌德谈话录》

如果在一年里要写两部戏曲和一篇长篇小说，或者说是为了赚大钱而写书，每个人都会因此而变坏，即使好得不能再好的人也会因此而毁灭。他如果为了成为大富翁或沽名钓誉而努力，我也不便批评，但是他如果想让名声流传千古，最好开始多读点书，少写些书。

《歌德谈话录》

法国诗人对事物有知识，而我们德国头脑简单的人们却以为在知识上下功夫就显不出他们的才能。其实一切才能都要靠知识来营养，这样才会施展才能的力量。

《歌德谈话录》

书本就像新交的朋友。最初，对一般事情的看法一致，并感觉生活在任何重大地方，都能互相亲切地配合，而觉得非常满足，但是逐渐深交，就会慢慢地看出彼此不同的地方。这时候，就应该像年轻时的做法，不畏惧且深入问题核心，快速地找出共同点，充分地分析不同点。

《箴言与省察》

这是一本想借着它知道所有事情，到头来却什么都不知道的书。

《诗·四季》

一个人不论把注意力转向哪方面，也不论他从事什么，都常常会回到他的天性预先指定给他的路上去。我在目前的场合，也是如此。我对于希伯来文的刻苦学习，对于《圣经》本身的内容的钻研，最后的结果使我的想象力对于那个美丽的、万人赞赏的国家，它的环境和近邻，以及使地球的这一隅历经几千年而光华依旧璀璨的人民和史实，更产生一种栩栩如生的印象。

《歌德谈话录》

我们真正要向其学习的，只是那些我们不能加以批评的书籍。

《歌德的格言与感想集》

但是，你（英国人 H 君）国家的年轻人陆陆续续到我国来学习我国的语言是件好事。因为只有我国的文学才值得学习。并且不容否定的是，现在很多人只要学好了德文，不知道其他国家的语言也无所谓。法语则另当别论，法语是一种社交语，旅行时更不能缺少它。因为每个人都知道，只要会说法文，即使身边没有翻译人员也处处都行得通（编按：指欧洲而言）。但是像希腊语、拉丁语、意大利语、西班牙语，我们都能借着精彩的德语翻译本，来了解这些国家国民的优秀作品。所以，如果没有特别的目的，也就可不必花太多时间去努力地研究。德国人的特性就是能尊敬每个国家的东西，能顺应其他国家的特质。这个特质再加上德语本身原有的特质，德语一定能实际地忠实地完全符合全世界的需要。

《歌德谈话录》

哪里没有兴趣，哪里就没有记忆。

《歌德谈话录》

博学多才其实只是给专门者准备一个足够的活动天地而已。是的，如今是专门化的时代：懂得这一点，并以这种精神为人为己而工作的人，是幸福的。

《维廉·麦斯特的漫游时代》

读一本好书，就是和许多高尚的人谈话。

《歌德谈话录》

一切伟大的事物，一旦为我们所认识，便都是对人民有教育作用的。

《人生箴言录》

只有在知道自己懂得甚少的时候，才说得上有了深知。疑惑随着知识而增大。

《歌德的格言与感想集》

光有知识是不够的，我们还必须应用知识；光有意志是不够的，我们还必须见诸行动。

《歌德的格言与感想集》

甚至善良的人们也不怀疑,学会读书需要付出多少艰巨的劳动和时间。我虽读书八十余载,但仍不敢说已经完全达到了目的。

《歌德的格言与感想集》

只有那些为之倾倒的书,才值得你一读。

《歌德的格言与感想集》

歌
德

文学·艺术

歌德给我看亨利克斯①论希腊悲剧本质的一本小册子。他说："我已读过，很感兴趣。亨利克斯用索福克勒斯的《俄狄普》和《安蒂贡》两部悲剧来阐明他的观点。这本书很值得注意，我把它借给你读一读，以便下次我们讨论。我并不赞成他的意见，但是看一看像亨利克斯这样受过彻底哲学教养的人怎样从他那一派哲学观点来看诗的艺术作品，是很有教益的。今天我的话就到此为止，免得影响你自己的意见。你且读一读，就可以发现它会引起各种各样的思想。"

《歌德谈话录》

亨利克斯的书已仔细读过，今天我把它带还歌德。为着完全掌握他所讨论的题目，我把索福克勒斯的全部现存作品重温了一遍。

歌德问我："你觉得这本书如何？是不是把问题谈得很透？"

---

① 亨利克斯（W. Hinrichs, 1794—1861），德国黑格尔派美学家，他的悲剧论只是黑格尔的悲剧论的阐述。他的书出版时，黑格尔的《美学》还没有出版，亨利克斯的悲剧论是根据他听黑格尔讲美学课时所作的笔记来写成的。

我回答说:"我觉得这本书很奇怪。旁的书从来没有像这本书一样引起我这么多的思考和这么多的反对意见。"

歌德说:"正是如此。我们赞同的东西使我们处之泰然,我们反对的东西才使我们的思想获得丰产。"

《歌德谈话录》

昨晚剧院上演了歌德的《伊菲姬尼亚》……

歌德说:"一个演员也应该向雕刻家和画家请教,因为要演一位希腊英雄,就必须仔细研究流传下来的希腊雕刻,把希腊人的坐相、站相和行为举止的自然优美铭刻在自己心里。但是只注意身体方面还不够,还要仔细研究古今第一流作家,使自己的心灵得到高度文化教养。这不仅对了解他所扮演的角色有帮助,而且也使自己整个生活和仪表获得一种较高尚的色调。"……

《歌德谈话录》

话题转到索福克勒斯的《安蒂贡》以及贯串其中的道德色彩,最后又谈到世间道德的起源问题。

歌德说:"像一切美好的事物一样,道德也是从上帝那里来的。它不是人类思维的产品,而是天生的内在的美好性格。它多多少少是一般人类生来就有的,但是在少数具有卓越才能的心灵里得到高度显现。这些人用伟大事业或伟大学说显现出他们的神圣性,然后通过所显现的美好境界,博得人们爱好,有力地推动人们尊敬和竞赛。"

《歌德谈话录》

"但是道德方面的美与善可以通过经验和智慧而进入意识，因为在后果上，丑恶证明是要破坏个人和集体幸福的，而高尚正直则是促进和巩固个人和集体幸福的。因此，道德美便形成教义，作为一种明白说出的道理在整个民族中传播开来。"

我插嘴说："我最近还在阅读中碰到一种意见，据说希腊悲剧把道德美看作一个特殊的目标。"

歌德回答说："与其说是道德，倒不如说是整个纯真人性，特别是在某种情境中，它和邪恶势力发生了冲突，它就变成悲剧性格。在这个领域里，道德确实是人性的主要组成部分。"

"此外，《安蒂贡》中的道德因素并不是索福克勒斯创造的，而是题材本来就有的，索福克勒斯采用了它，使道德美本身显出戏剧性效果。"

《歌德谈话录》

人到老年，对世间事物的想法就和青年时代不同。我不禁想起，有些精灵在戏弄人类，间或把几个特殊人物摆在人间，他们有足够的引诱力使每个人都想追攀他们，却又太高大，没有人能追攀得上。例如摆出一个拉斐尔，无论在构思方面还是在实践方面，他都是十全十美的画家，他的个别的杰出追随者虽然离他很近，却始终没有人能达到他那个水平。再如莫扎特在音乐方面是个高不可攀的人物，莎士比亚在诗方面也是如此。我知道你对这番话会提反对的意见，

160

不过我所指的只是自然本性，只是伟大的自然资禀。再如拿破仑也是个高不可攀的人物。俄国人懂得自制，没有去君士坦丁堡，因此也很伟大；拿破仑可以媲美，他也克制了自己，没有去罗马。

《歌德谈话录》

我不应把我的作品全归功于自己的智慧，还应归功于我以外向我提供素材的成千成万的事情和人物。我所接触的人之中有蠢人也有聪明人，有胸怀开朗的人也有心地狭隘的人，有儿童，有青年，也有成年人，他们都把他们的情感和思想、生活方式和工作方式以及所积累的经验告诉了我。我要做的事，不过是伸手去收割旁人替我播种的庄稼而已。

《歌德谈话录》

不要说现实生活没有诗意。诗人的本领正在于他有足够的智慧，能从惯见的平凡事物中看出引人入胜的一个侧面。必须由现实生活提供做诗的动机，这就是要表现的要点，也就是诗的真正核心；但是据此来熔铸一个优美的生气灌注的整体，这却是诗人的事了。

《歌德谈话录》

我和席勒的性格很不同，尽管志向一致。这种不同不仅表现在心理方面，也表现在生理方面。对席勒有益的空气对我却像毒气。有一天我去访问他，适逢他外出。他夫人告诉我，他很快就会回来，我就在他的书桌旁边坐下来写点杂记。坐了不久，我感到身体不适，愈来愈厉害，几乎发晕。我不知道怎么会得这种怪病。最后发现身旁一个抽屉里发出一种怪难闻的气味。我把抽屉打开，发现里面装的全是些烂苹果，不免大吃一惊。我走到窗口，呼吸了一点新鲜空气，才恢复过来。这时席勒夫人进来了，告诉我那只抽屉里经常装着烂苹果，因为席勒觉得烂苹果的气味对他有益，离开它，席勒就简直不能生活，也不能工作。

《歌德谈话录》

我们逍遥快乐/见风使舵号"无忧"/不能用脚走路时/我们就用头来走。

《浮士德》

听这番议论就知道阁下学识高深/你摸不着的东西，就以为遥远的很/你掌握不住的东西，就以为压根儿不存/你不计算的东西，就以为那是不真/你不称量的东西，就以为不足重轻/非你铸造的东西，就以为不能通行！

《浮士德》

早在下第一笔时，就必须熟知完成最后一笔的工作。要创造出什么样的作品，也早在第一笔时就决定了。

《箴言与省察》

我特别劝你不要单凭自己的伟大的创造发明，因为要创造发明就要提出自己对事物的观点，而青年人的观点往往还不够成熟。此外，人物和观点都不能作为诗人的特征反映而同诗人相结合，从而使他在下一步创作中丧失丰满性。最后还有一点，创造发明以及安排和组织方面的构思要费多少时间而讨不到好处，纵使作品终于完成了。

《歌德谈话录》

在我漫长的生涯中，姑且不说自己骄傲，不过，完成了各种的事情却是事实。但是，除了正直地看、听、区别、选择的能力与倾向，及巧妙地再现所听所闻其内含精神的能力与倾向之外，还有什么东西算得上是自己的东西呢？我的作品绝不是只有本身的智慧，也有赖那些提供我作品材料的无数事物与人们。不管是愚人、贤者、开明的人、保守的人、儿童、青年，甚至老人，都会提供我各种材料。所以，每个人都会告诉我，他们的感觉、想法、生活及工作的情形所得的经验。我只要把握住这些，就能收割别人为我播种所得的收获。

《歌德谈话录》

如果只有心地狭窄的群众才迫害高尚的人物，那还算好！可是事实不然，有才能的文人往往互相倾轧。例如普拉顿和海涅就互相毁谤，互相设法把对方弄成可恨的坏人，而实际上，这个广阔的世界有足够的地方让自己生活也让旁人生活，大家大可和平相处，而且每个人在自己才能范围里都有一个够使他感到麻烦的敌人。

《歌德谈话录》

你刚才说过，你可以理解一位二十岁的青年能写出梅里美所写的那样好的作品，我毫不反对你的话，但是总的来说，我也同意你的另一个看法：对于一个年轻人来说，写出好作品要比作出正确判断来得容易。但是在我们德国，一个人最好不要在梅里美那样年轻时就企图写出像梅里美的《克拉拉·嘉祚尔》那样成熟的作品。席勒写出《强盗》《阴谋与爱情》和《费厄斯柯》那几部剧本时，年纪固然还很轻，不过说句公道话，这三部剧本都只能显出作者的非凡才能，还不大能显出作者文化教养的高度成熟。不过这不能归咎于席勒个人，而是要归咎于德国文化情况以及我们大家都经历过的在孤陋生活中开辟道路的巨大困难。

《歌德谈话录》

另一方面可举贝朗瑞为例。他出身于贫苦的家庭，是一个穷裁缝的后裔。他有一个时期是个穷印刷学徒，后来当个低薪小职员。他从来没有进过中学或大学。可是他的诗歌却显出丰富的成熟的教养，充满着秀美和微妙的讽刺精神，在艺术上很完满，在语言的处理上也特具匠心。所以不仅得到整个法国而且也得到整个欧洲文化界的惊赞。

请你设想一下，这位贝朗瑞假若不是生在巴黎并且在这个世界大城市里成长起来，而是耶拿或魏玛的一个穷裁缝的儿子，让他在这些小地方困苦地走上他的生活途程，请你自问一下，一棵在这种土壤和气氛中生长起来的树，能结出什么样的果实呢？

所以我重复一句，我的好朋友，如果一个有才能的人想迅速地幸运地发展起来，就需要有一种很昌盛的精神文明和健康的教养在他那个民族里得到普及。

《歌德谈话录》

记录已发生事情的书籍几乎少之又少，而这些书籍被流传下来的也少之又少。文学根本只是些片断的东西，它只不过是用文字记录下人类精神的纪念碑罢了。

《箴言与省察》

在我的漫长的一生中，我确实做了很多工作，获得了我可以自豪的成熟。但是说句老实话，我有什么真正要归功于我自己的呢？我只不过有一种能力和志愿，去看、去听、去区分和选择，用自己的心智灌注生命于所见所闻，然后以适当的技巧把它再现出来。如此而已。我不应把我的作品全归功于自己的智慧，而应当归功于我以外向我提供素材的成千上万的事情和人物。

《歌德谈话录》

莎士比亚给我们装在银盘上的黄金苹果。我们或者可以借着学习他的戏曲而得到银盘，但是不幸的是，我们只能尽可能地把马铃薯装在银盘上。

《歌德谈话录》

年轻的时候比较不在乎自己的作品，由于不先抄副本，所以几百首诗都因此而消失了。

《歌德谈话录》

大众最尊敬作家的地方，并不是因为他经常提供大众所期待的作品；而是作家按照自己或对方，甚至各种人类生长的各个阶段，提供了正确且有用的想法。

《箴言与省察》

古代人叙述存在，相对地，我们现代人则叙述通例及效果。他们描写恐怖的东西，我们则更恐怖地描写东西。他们说些愉快的东西，我们则说些更愉快的东西。此外，所有过分故意虚伪的优雅、夸张都发生了，那是因为我们没想到，光是追求效果或是从效果的观点来做事，也能呈现完全的效果。我想说的是，即使手边的任何东西都不是新的，我也要好好地把握住这个新的机会。

《意大利游记》

取材不在远，只消在充实的人生之中！

《浮士德》

我绝不是为了文学的目的来观察自然。但是，却由于以前画风景画，及后来因研究自然、细心地观察自然及对象物的癖好，使我现在精通自然界及其极细微的部分。身为一个作家，我能在我需要它们的时候自由地运用自然，而且常常能在其中得到真理的利益。

《歌德谈话录》

如果我作为诗人，还想表现什么观念，我就用短诗来表现，因为在短诗中较易显出明确的整体性和统观全局，例如我的动物变形和植物变形两种科学研究以及《遗嘱》之类的小诗。我自觉地要力图表现出一种观念的唯一长篇作品也许是《情投意合》。这部小说因表现观念而较便于理解，但这并不是说，它因此就成了较好的作品。我毋宁更认为，一部诗作愈莫测高深，愈不易凭知解力去理解，也就愈好。

《歌德谈话录》

作为诗人，我的方式并不是企图要体现某种抽象的东西。我把一些印象接收到内心里，而这些印象是感性的、生动的、可喜爱的、丰富多彩的，正如我的活跃的想象力所提供给我的那样。作为诗人，我所要做的事不过是用艺术方式把这些观照和印象融会贯通起来，加以润色，然后用生动的描绘把它们提供给听众或观众，使他们接受的印象和我自己原先所接受的相同。

《歌德谈话录》

最近的诗人，把大量的水搅进墨水里。

《箴言与省察》

歌德

所有的抒情文学，虽然全部都必须是理性的，但是部分还是得多多少少包含些非理性。

《箴言与省察》

诗人喜爱真实。有真实的地方，诗人一定感觉得到。

《箴言与省察》

问题本来很简单。一切语言都起于切近的人类需要、人类工作活动以及一般人类思想情感。如果高明人一旦窥见自然界活动和力量的秘密，用传统的语言来表达这种远离寻常人事的对象就不够了。他要有一种精神的语言才足以表达出他所特有的那种知觉。但是现在还找不到这种语言，所以他不得不用人们常用的表达手段来表达他所窥测到的那种不寻常的自然关系，这对他总是不完全称心如意的，他只得对他的对象"削足就履"，甚至歪曲或损毁了它。

《歌德谈话录》

我的作品并不受一般人的欢迎。但是如果为博得群众喜欢而写作的话就大错特错了。我的作品并不是为了群众写的，只是专为那些追求好作品，并理解这种倾向的少数人写的。

《歌德谈话录》

司各特是个才能很大的作家，目前还没有人比得上他，难怪他在读者群众中发生了非常大的影响。他触动我想了很多，我发现他那种艺术是崭新的，其中有它自己的规律。

《歌德谈话录》

每个研究家及作家性格上的缺陷，是我们近代文学中所有灾祸的根源。在各方的批评下，这个缺陷已转成对世上不利的事。而这种性格也可能使错误的事情取代了本来正确的事情，进而散播四方。或者是由于看起来很好的正确事情，使我们失去了对自己更重要、更伟大的东西。

《歌德谈话录》

歌德说："人愈老，愈深信你这句话中的真理，而年轻人却以为一切都可以在一天之内完成。如果运气好，我的健康情况如常，我希望到明年春天，第四幕就可以写得差不多了。你知道，这第四幕我早就想好了，但是在写作过程中，这剩下来的部分扩展得很多，以致原来的计划中只有纲要现在还可利用。我得重新构思，使新插进的段落可以和其他部分融贯一致。"

《歌德谈话录》

歌德说："如果一部书比生活本身所产生的道德影响更坏，这种情况就一定很糟，生活本身里每天出现的极丑恶的场面太多了，要是看不见，也可以听见，就连对于儿童，人们也无须过分担心一部书或剧本对儿童的影响。我已说过，日常生活比一部最有影响的书所起的教育作用更大。"

《歌德谈话录》

要把拜伦作为一个人来看，又要把他作为一个英国人来看，又要把他作为一个有卓越才能的人来看。他的好品质主要是属于人的，他的坏品质是属于英国人和一个英国上议院的议员的，至于他的才能，则是无可比拟的。

《歌德谈话录》

凡是英国人，单作为英国人来说，都不擅长真正的熟思反省。分心事务和党派精神使他们得不到安安静静的修养。但是作为实践的人，他们是伟大的。

因此，拜伦从来不会反省自己，所以他的感想一般是不成功的。例如他所说的"要大量金钱，不要权威"那句信条就是例证，因为大量金钱总是要使权威瘫痪的。

但是他在创作方面总是成功的。说实话，就他来说，灵感代替了思考。他被迫似的老是不停地做诗，凡是来自他这个人，特别是来自他的心灵的那些诗都是卓越的。他做诗就像女人生孩子，她们用不着思想，也不知怎样就生下来了。

《歌德谈话录》

席勒的性格是光明磊落的，我们可以想象到，他痛恨人们有意或确实向他表示任何空洞的尊敬和陈腐的崇拜。有一次考茨布要在席勒家里替席勒正式举行庆祝，席勒对此非常讨厌，感到恶心，几乎晕倒了。他讨厌陌生人来访。如果他当时有事不能见，约来客午后四时再来，到了约定的时间，他照样怕自己会感到糟心甚至生病。在这种场合，他总是显得很焦躁甚至粗鲁。我亲眼看见过一位素昧平生的外科大夫没有经过传达就闯进门来拜访他，他那副暴躁的神色使那个可怜的家伙惊慌失措，抱头鼠窜了。

《歌德谈话录》

话题接着转到一般剧作家及其对人民大众所已起或能起的重要影响。

歌德说，一个伟大的戏剧体诗人如果同时具有创造才能和内在的强烈而高尚的思想情感，并把它渗透到他的全部作品里，就可以使他的剧本中所表现的灵魂变成民族的灵魂。我相信这是值得辛苦经营的事业。高乃依就起了能培育英雄品格的影响。这对于需要有一个英雄民族的拿破仑是有用的，所以提到高乃依时他说过，如果高乃依还在世，他就要封他为王。所以一个戏剧体诗人如果认识到自己的使命，就应孜孜不倦地工作，精益求精，这样他对民族的影响就会是造福的、高尚的。

《歌德谈话录》

他是一个天生的有大才能的人。我没有见过任何人比拜伦具有更大的真正的诗才。在掌握外在事物和洞察过去情境方面，他可以比得上莎士比亚。不过单作为一个人来看，莎士比亚却比拜伦高明。

拜伦自己明白这一点，所以他不大谈论莎士比亚，尽管他对莎士比亚的作品能整段整段地背诵。他会宁愿把莎士比亚完全抛开，因为莎士比亚的爽朗心情对拜伦是个拦路虎，他觉得跨不过去。但是他并不抛开蒲伯，因为他觉得蒲伯没有什么可怕的。他一遇到机会就向蒲伯表示敬意，因为他知道得很清楚，蒲伯对他不过是一种配角。

《歌德谈话录》

歌德说，心灵可以起支持身体的作用，这是不易置信的。我经常患胃病，但是心灵的意志和上半身的精力却把我支持住了。不能让心灵屈服于身体！我在温度高时比在温度低时的工作效果好。知道了这一点，我每逢温度低时，就尽力使劲，来抵消低温度的坏影响。我发现这办法行得通。

不过诗艺方面有些东西却不能勉强，我们须等待好时机来做单凭心灵的意志所不能做到的事。

《歌德谈话录》

一个伟大的自然科学家根本不可能没有想象力这种高尚资禀。我指的不是脱离客观存在而想入非非的那种想象力，而是站在地球的现实土壤上、根据真实的已知事物的尺度、来衡量未知的设想的事物的那种想象力。这样才可以证实这种设想是否可能，是否不违反已知规律。这种想象力的先决条件就是要有开阔的冷静的头脑，把活的世界及其规律都巡视遍，而且能够运用它们。

《歌德谈话录》

一个重要的事实、一个天才的构想，都会促使大多数的人更辛勤地工作。因为，这可以使他们从最先的知道进而认识、修正、发展。

《箴言与省察》

歌德说："那是长达百年之久的演变的结果。这种演变从路易十四时代就开始蒸蒸日上，现在才达到繁荣期。但是激发狄德罗、达兰贝尔和博马舍等人的心智的是伏尔泰，因为要追赶到能勉强和伏尔泰比肩，就须具有很多条件，还须孜孜不辍地努力才行。"……

《歌德谈话录》

我特别欣赏他在《唐·璜》里描绘伦敦的部分。那里信手拈来的诗句简直就把伦敦摆在我们眼前。他丝毫不计较题材本身是否有诗意，抓到什么就写什么，哪怕是理发店窗口挂的假发或给街灯上油的工人。

《歌德谈话录》

我想拿破仑特别是在少年时代精力正在上升的时期，才不断地处在那样爽朗的心情中，所以我们看到当时仿佛有神在保佑他，他一直在走好运。他晚年的情况却正相反，爽朗精神仿佛已抛弃了他，他的好运气和他的护星也就离开他了。

《歌德谈话录》

我问到《浮士德》近来进度如何。

歌德回答说："它不会再让我放下手了，我每天都在想着怎样写下去。我已经把第二部的手稿装订成册，让它作为一个可捉摸的整体摆在眼前。还待写的第四幕所应占的地位，我用空白稿纸夹在本子里去标明。已写成的部分当然会促使我去完成那个尚待完成的部分。这种物质的东西比人们通常所猜想的更为重要。我们应该用各种办法促进精神活动。"

《歌德谈话录》

我却认为每个人应该先从他自己开始，先获得他自己的幸福，这就会导致社会整体的幸福。我看圣西门派的学说是不实际的、行不通的。因为它违反了自然，也违反了一切经验和数千年来的整个历史进程。如果每个人只作为个人而尽他的职责，在他本人那一行业里表现得既正直而又能干胜任，社会整体的幸福当然就随之而来了。作为一个作家，我在自己的这一行业里从来不追问群众需要什么，不追问我怎样写作才对社会整体有利。我一向先努力增进自己的见识和能力，提高自己的人格，然后把我认为是善的和真的东西表达出来。我当然不否认，这样工作会在广大人群中发生作用，产生有益的影响，不过我不把这看作目的，它是必然的结果，本来一切自然力量的运用都会产生结果。作为作家，我如果把广大人群的愿望当作我的目的，尽量满足他们的愿望，那么，我就得像已故的剧作家考茨布那样，向他们讲故事，开玩笑，让他们取乐了。

《歌德谈话录》

　　我最近碰到一张旧纸，拿起来看了一下，就自言自语地说："呃，这上面写的不算坏，我自己也只能这样想，这样写呀！"可是仔细一看，才看出这正是我自己作品中的一个片段。因为我老是拼命写下去，就把已写出的东西忘记了，不久自己的作品就显得生疏了。

《歌德谈话录》

　　音乐的万能恐怕是最早表现出来的。因为音乐完全是与生俱来的内在东西，不需要外在的养分与人生经验。但是莫扎特的出现，的确是永远无法解释的奇迹。如果神认为我们不知道原因，而不再时时地让那些使我们惊叹的伟大人物出现的话，那神又为什么能创造奇迹呢？

《艾克曼·对话》

　　艺术爱好者们如果一致承认重视完美的作品，那这幅作品就没有什么好说了。所以，他们只好不断地讨论次级的作品。

《箴言与省察》

　　真正的艺术家，手边不会有现成的预备品。现成的东西都是准备用的。

《箴言与省察》

我喜欢回顾其他国家的国民，而且也称许别人做这种事。现在国民文学普遍不足，但在不久的将来，我们将进入世界文学的时代。所以，现在每个人都必须负起促进这个时代的责任。

《艾克曼·对话》

为了成为真正的艺术家，而不以为应该从前个时代或同时代优秀的艺术家身上，学习自己所缺少的东西的人，已经误解了受确认的独创性。他永远只是孤独一个人，因为，只有将与生俱来的天赋，加上自己后天的修为，两者合而为一，才是真正的自己。

《箴言与省察》

人人都说："怎么也不喜欢这个……"
因此，那就成了既定的情绪。

《警世性》

跟十五世纪及十六世纪的艺术家比起来，我们算什么呢？根本没有真正的能力嘛！跟那些强盛的世纪比起来，我们的世纪又算什么呢？

《比德曼·谈话》

最高意味的音乐，一点都不需要新奇。因为音乐越旧，听惯的人就越多，更能将音乐铭刻在心。

176

《箴言与省察》

艺术的品格，恐怕只有在音乐，才能最高贵地表现出来。因为，艺术没有必须从音乐中去除的素材。音乐完全只是形式与内容，并提高它所表现的一切事物。

《箴言与省察》

因为我们没有理解的能力，所以，当我们第一次看到造型美丽的作品时，并不会由衷地喜欢它们。但是，一想到那些作品似乎有很大的价值，我也不禁试着更接近去看它。如此一来，必然有令人高兴的发现，因为我不但认识了事物的新特性，而且还发现自己的新能力。

《箴言与省察》

艺术感觉消失时，所有的艺术作品也随之死绝了。

《箴言与省察》

喜欢享受好东西的话，一定会喜欢更好的东西。因此，在艺术方面，只有达到至善的境界，才会开始有满足感。

《意大利游记》

有人说："艺术家啊！请你研究自然吧！"但是，把卑俗变为高贵，从无形中引出美，绝不是一件简单的事。

177

《箴言与省察》

罗斯一直孜孜不倦地热心描绘着山羊及羊的毛。看到他作品中无限的细致，就可以了解，他不但在创作中品味了至纯的幸福，并且在工作时，任何事情都无法干扰他。对于才能贫乏的人而言，艺术无法带给他们这样全然的满足。他们即使在创作里，眼里已经浮现不断修饰后的作品。如果每个人都有这种世俗的目的与倾向，应该不会产生旷世的伟大作品。

《歌德谈话录》

歌

德

在我们这里（学园），歌唱是教养的第一个阶段，其他的东西是附属品并居中作调节。虽然只是极单纯的娱乐和学问，我们这里却能借着歌唱更活泼，更加深印象。除此之外，也能借着歌唱来传达我们信仰的信条及道德，并直接结合各独立目的的利益……所以，我们在所有可能想到的东西中，选择了音乐，作为我们教育的基础。因为经由音乐，可以通往四方八达顺畅的道路。

《遍历时代》

成功的艺术处理的最高成就就是美。

《美的格言》

艺术家应该保持在美的界限内。

《美的格言》

艺术的作品都是高贵的。所以艺术家千万不要恐惧卑俗，因为艺术家一接触到卑俗，便可以把卑俗的东西变为高贵的东西。我们就是见过艺术家们大胆地行使这种至高无上的权力。

《箴言与省察》

有机的自然生于细部中的细部；而艺术的感觉深入细部中的细部。

《箴言与省察》

当你以画普通的东西为满足时，每个人都能模仿你。但是特殊的作品谁也无法模仿，因为他们没有实际经历过。不过，你也不用担心特殊的东西不会引起别人的兴趣。不管再怎么特殊的东西，人物也好、事物也好，上至人类下至石头，都有其自己的普遍性。

《歌德谈话录》

我们不能吹毛求疵地批评画家的笔与诗人的诗句。我们应该用宽容的精神来鉴赏、品味富有大胆自由精神的艺术品。

《歌德谈话录》

艺术爱好者们如果一致承认重视完美的作品，那这幅作品就没有什么好说了。所以，他们只好不断地讨论次级的作品。

《箴言与省察》

歌
德

　　我初次看了一页他的著作之后，就使我终身折服；当我读完他的第一个剧本时，我好像一个生来盲目的人，由于神手一指而突然获见天光。我认识到，我极其强烈地感到我的生存得到了无限度的扩展；对我来说一切都是新奇的，前所未闻的，不习惯的光辉使我眼睛酸痛。我渐渐学到了怎样去用视力，感谢赐我智慧的神灵，我现在还亲切地感到，我获得了些什么。

《莎士比亚命名日》

　　我时常在莎士比亚面前感到羞惭，因为有时候发生这样的事情：我起先一看，觉得某一点我不会那样写的。但后来我认识到，我是一个可怜虫，自然借莎士比亚的嘴说出真理，而我的人物却是些传奇小说里的怪诞幻想所吹成的肥皂泡而已。

《莎士比亚命名日》

　　即使留给我们的这类作品全都失传，诗和修辞艺术也能凭借莎士比亚的《亨利四世》，这一个剧本而完全恢复过来。

《莎士比亚命名日》

　　用最严谨的意义来称呼我们的所有，是多么地空洞，因为我们本身就非常贫乏。因为我们所有的人都必须从前人，甚至现代的人中，吸收及学习经验。即使是完美伟大的天才，他如果认为一切取自自己本身的话，他就无法有长足的进步。话虽如此，但是还是有许多富才气的人不了解这一点，仍然抱持自己独创性的梦想，将大半生浪费在黑暗中摸索。而据我所知，这不仅包括了为人师表的人，还有一些夸耀自己天分的人，真是愚蠢的一群。而且，我认为这种事情简直可能发生在各种层面上。

《歌德谈话录》

艺术家与大自然有两重关系，他既是自然的主人又是自然的奴隶。因为，艺术家为了使作品能为人理解，必须用尘世间的材料构成作品，所以他是大自然的奴隶。但他又是大自然的主人，因为他使这些尘世的工具服从于他更高的目的，让它们成为辅助手段。

《歌德谈话录》

艺术是第二个自然，艺术也是神秘且不易理解的。

因为，艺术是经由人类的智慧而产生的。

《箴言与省察》

我要求什么样的读者呢？我要求忘了我、忘了他自己、忘了世界，完全生活在书本中而无私心的读者。

《诗·四季》

经常有人说："研究古人。"但是，这也表示所谓地"注意并表现现实的世界"。因为，古人在他们的生活中也是如此。

《歌德谈话录》

看到这些动物们（动物画家罗斯所画的），我总觉得心里有些不安。它们无知、沉郁、痴呆的样子，极无聊地缩在一角，也渐渐地引起我的同感，到最后，甚至觉得自己心里有"应该不会变成羊吧！"的恐惧，及认为这个画家该不会是羊的同类吧！总而言之，这个画家能设身处地地为这些生物着想，并能借着他的想法，让人从作品的外表中，如亲身经历般地看到作品的内涵与性格，这种表现的手法真是令人叹为观止。

《歌德谈话录》

谁要真正理解诗歌/应当去诗国里徜徉/谁要真正理解诗人/应当前去诗人之邦。

《东西诗集》

古代的东西都是认真、谨慎而有节制的，近代的东西则完全是无拘无束、自由逍遥的。古代的东西是理想化的现实之物，拥有崇高趣味处理过的现象之物。相对地，浪漫只不过是给予我们非现实的、不可能的及妄想式的现实假象。

《比德曼·谈话》

书中叙述的，并不是要我们看了这本书后效法笔者，而是笔者为了炫耀自己的知识而写。

《诗·四季》

所有的言辞都不会静止，它们经常从最开始使用的场所中移动出来。——从上到下、从善到恶、从宽到狭，言辞总是不停地流动，所以概念也会随着言辞而动。

《箴言与省察》

在翻译时，一定会遇到不好翻译的东西，但也可由此开始发现其他国家的国民与国语。

《箴言与省察》

诗的作品最好是越量越清楚，理性最好是越抓越紧。

《歌德谈话录》

我并不反对戏剧体诗人着眼于道德效果，不过如果关键在于把题材清楚而有力地展现在观众眼前，在这方面他的道德目的就不大有帮助；他就更多地需要描绘的大本领以及关于舞台的知识，这样才会懂得应该取什么和舍什么。如果题材中本来寓有一种道德作用，它自然会呈现出来，诗人所应考虑的只是对他的题材作有力的艺术处理。诗人如果具有像索福克勒斯那样高度的精神意蕴，不管他怎样做，他的道德作用会永远是好的。此外，他了解舞台情况，懂得他的行业。

《歌德谈话录》

它（威尔德）就像自来水笔一样，是用我自己心脏的血孕育出来的产物。其中有一篇小说延长到十卷，也包含了我心中许多的感情与思想。就像我不知道说了几遍，这本书出版后，我只看过一次，并且注意不再去看第二次。书里面的内容全部都是狼烟，看起来没有什么意思。而我不再去看第二次，怕的是再一次感受那种病态。

《歌德谈话录》

我们为古代希腊人的悲剧而感动。但是仔细地想想，与其说是为每个作者而感动，还不如说是为了他们作品中的时代与国民而感动来得恰当些。因为，所有的作品多多少少都有些差异，而在诗人中，也可以看出有的人远比其他人更伟大、成熟。但是大致上，观察他们全体，就可以发现他们都拥有一个一贯性的性格。而这些正是伟大、超群、健康的性格，更是人类崇高的人生智慧、崇高的想法、纯粹的力量中的直觉性格。

除此之外，还可以算出其他各种特质……但是这一切特质，并不只是单单地存在于我们所流传的戏曲中，也存在于抒情诗与叙事诗中，连哲学家、修辞家、史学家身上，也都有这些特质。就像我们所流传的造形美术作品一样，这些特质不光是固定在各个人的身上，也固定在那个时代与全体国民身上；而且，我们必须相信它们会流传在国民与时代之间。

《歌德谈话录》

忽然有一天，不喜欢自己，

也无法忍受别人。

每个人都有过这种谁都不喜欢（包括自己）的经验。

艺术跟这种情形完全一样。

情况不佳时焦躁不安，

实力却不曾逃走。

如果情况不佳时充分休息，

等到情况好转后，情势会更加有利。

《诗集》

要想逃避这个世界，没有比艺术更可靠的途径；要想同世界结合，也没有比艺术更可靠的途径。

《歌德的格言与感想集》

艺术的最高目的是显示出人类的百态，不仅官能意味浓厚而且美轮美奂。

《箴言与省察》

为了得到趣味与刺激而读书，甚至为了得到认识与教训而读书，都是极大的错误。

《箴言与省察》

对于那些正确地探测而有所得的人而言，只要一次的经验，就可以知道世界上是否真的有不灭的东西。艺术是否真的是广大无边？

《箴言与省察》

我每逢看到一部有独创性的、显出才能的作品，总感到高兴。

《歌德谈话录》

不过每逢看到一位剧作家把剧本写得太长，而且要照样上演，我总以为不妥。这个缺点就打消了我的乐趣的一半。你只看看这部剧本竟有这样厚！

《歌德谈话录》

席勒的确有这个缺点，特别是他的早期剧本。当时他正年轻力壮，写起来总是没完没了，他心里要说的话太多，超出了他的控制力。后来他察觉到这个缺点，尽力通过学习和钻研来克服它，可是没有完全成功。对题材加以适当的控制，不被它缠住，把全副精力集中到绝对必要的东西上去，这套功夫比一般人所想象的要难些，要有很大的诗才可以办得到。

《歌德谈话录》

我们会渐渐忘记自己的作品。当我在看一本最近的法文书时，边看边觉得这个人相当合自己的胃口，而且自己也没有任何反对的意见。于是仔细地看个清楚，却发现那本书原来是自己写的翻译书。

《歌德谈话录》

读者都希望作者像对待妇人一样来对待自己。

所以，除了我们想听的东西外，什么都不许说。

《箴言与省察》

自然！自然！我想高喊莎士比亚笔下的人物是不能断定自然的……就好像借着莎士比亚之口来预言自然，相对地，就我所认定而描写的人物，亦不过是架空妄想的昙花一现。

《纪念莎士比亚时的演讲》

我写诗向来不弄虚作假。凡是我没有经历过的东西，没有迫使我非写诗不可的东西，我从来就不用诗来表达它。我也只在恋爱中才写诗。本来没有仇恨，怎么能写表达仇恨的诗歌呢？

《歌德谈话录》

做诗是件愉快的工作，但是它的代价也相当高。

随着书本日益增厚，钱也日益减少。

《威尼斯警世》

诗除非它本身是杰作，不然就没有存在的必要。所以，不具有完成完美作品素质的人，不但应远离艺术，而且应该严密地提防艺术的诱惑。诚然，所有的人类当看到自己想临摹的作品时，心里的确会有些蠢蠢欲动的欲望。但是，有这种欲望并不表示自己有完成心里目标的力量。

《学习时代》

一个人的一生是什么？但是上千的人，

会告诉你，他做了什么，你应该怎么去做。

一篇诗更是短暂。但是上千的人，

会欣赏它、批评它。

朋友啊！生命啊！继续歌颂吧！

《威尼斯警世》

如果我们根据艺术是对自然的模仿就因而小看它，那就可以这样地来回答：自然也是在模仿许许多多别的事物。

《歌德的格言与感想集》

艺术并不能确切地模拟眼睛所能看到的那些东西，它只不过是回复到自然所赖以构成并按其行动的那个理性因素上去罢了。

《歌德的格言与感想集》

就是我们之中最智慧的，也在爱情的重压下低下头来，但是事实上爱情却轻盈得像愉快的轻风一样。

《世界情爱箴言集》

德国人大概最烦恼哲学性的想法。但是，在他们的文体里，已经不知不觉地加入了艰涩难懂的性质。他们只要越倾向某个哲学的派别，他们的笔就会越来越生涩。但是，有些偏向实务家及世间人的德国人，他们的笔法却相当通畅。因此，锡勒的文章中，只要不加上他哲学性的议论，他的文章称得上是最雄浑、感触最深的文章。

《歌德谈话录》

歌德说："这部剧本（指莱辛代表作之一《明娜·封·巴尔赫姆》——编者注）最初出现在那个黑暗时期，对我们那一代青年人产生过多大影响，你也许想象得到。它真是一颗光芒四射的流星，使我们看到还有一种远比当时平庸文学所能想象的更高的境界。这部剧本的头两幕真是情节介绍的模范，人们已从此学得很多东西，它是永远值得学习的。"

"现在没有哪个作家还理会什么情节介绍。过去一般人期待到第三幕才发生的那种效果，现在在第一幕就要产生了。他们不懂得作诗正如航海，先须推船下海，在海里航行一定路程之后，才扬满帆前驶。"

《歌德谈话录》

他说："补写的这几场的意思在我心中已酝酿三十多年之久了，因为意义很重要，我对它们一直没有失掉兴趣；但是写起来又很难，所以我一直怕动笔。近来通过各种办法，我又动起笔来了，如果运气好，我接着就要把第四幕写完。"

《歌德谈话录》

在小说里，主要是描写情意与事件，在戏曲中，则应该描述性格与行动。小说要慢慢地进行，而主要人物的情意，不管作者运用什么方法，都不能使全书快速地进展。戏曲就要越快越好，主人翁的性格应该在观众不知不觉中大幅度的进展。小说的主人翁应该是被动的，一点也不能有太明显的主动，戏曲的主人翁则被要求应兼具主动性与行动。

《学习时代》

一般作者的文章都是据实地表现出他的内心看法。因此，想要写一篇明了的文章，首先必须先明了自己的内心；而想要写一篇崇高的文章，首先则必须拥有崇高的性格。

《歌德谈话录》

莫里哀是很伟大的，我们每次重温他的作品，每次都重新感到惊讶。他是个与众不同的人，他的喜剧作品跨到了悲剧界限边上，都写得很聪明，没有人有胆量去模仿他。他的《悭吝人》使利欲消灭了父子之间的恩爱，是特别伟大的，带有高度悲剧性的。但是经过修改的德文译本却把原来的儿子改成一般亲属，就变得软弱无力，不成名堂了。他们不敢像莫里哀那样把利欲的真相揭露出来。但是一般产生悲剧效果的东西，除掉不可容忍的因素之外，还有什么呢？

《歌德谈话录》

我每年都要读几部莫里哀的作品，正如我经常要翻阅版刻的意大利大画师的作品一样。因为我们这些小人物不能把这类作品的伟大处铭刻在心里，所以需要经常温习，以便使原来的印象不断更新。

《歌德谈话录》

人们老是在谈独创性，但是什么才是独创性！我们一生下来，世界就开始对我们发生影响，而这种影响一直要发生下去，直到我们过完了这一生。除掉精力、气力和意志以外，还有什么可以叫作我们自己的呢？如果我能算一算我应归功于一切伟大的前辈和同辈的东西，此外剩下来的东西也就不多了。

不过在我们一生中，受到新的、重要的个人影响的那个时期绝不是无关要旨的。莱辛、温克尔曼和康德都比我年纪大，我早年受到前两人的影响，老年受到康德的影响，这个情况对我是很重要的。再说，席勒还很年轻、刚投身于他的最新的事业时，我已开始对世界感到厌倦了，同时，洪堡弟兄和史雷格尔弟兄都是在我的眼下登上台的。这个情况也非常重要，我从中获得了说不尽的益处。

《歌德谈话录》

艺术是严肃的工作。所处理的对象愈高尚愈神圣，艺术就越严肃。

《箴言与省察》

客观与主观如果不能互相协调，就无法产生生动活泼、朝气蓬勃的艺术。

《箴言与省察》

各门艺术都有一种源流关系。每逢看到一位大师，你总可以看出他吸取了前人的精华，就是这种精华培育出他的伟大。像拉斐尔那种人并不是从土里冒出来的，而是植根于古代艺术，吸取了其中的精华的。假如他们没有利用当时所提供的便利，我们对于他们就没有多少可谈的了。

《歌德谈话录》

当自然开始吐露它的秘密时，我们渴望对抗艺术，因为艺术是自然最完美的诠释者。

《箴言与省察》

艺术家为了驱使技术达到自己的目的，及利用自己一流的方法来活用对象，必须经常地站在技术与对象上。

《箴言与省察》

艺术无法确实提供逃避世界的方法，而艺术也无法提供与世界结合的方法。

《箴言与省察》

浮士德

如果你感觉不出，

不是从心灵深处迸出强烈乐趣，

去打动一切听众的肺腑，

那你就会一无所获。

你就只好坐下来东贴西补

用残羹剩馔把杂烩煮，

再从你那快要熄灭的灰堆上

吹起微弱的火焰几股！

或许使得小孩和猢狲叹服，

如果这和你的兴趣相符，

凡是不出自你的内心，

你就绝不能和别人心心相印。

《浮士德》

伟大的艺术品是人类灵魂的精华。这也意味着，这幅伟大的艺术品也属于自然的作品。

《箴言与省察》

大艺术也好，小艺术也罢，在所有艺术品中，只有构思才是决定细节的重大部分。

《箴言与省察》

我喜欢接触所有的艺术。但是，我更喜欢接触永远表现始终不变之真理的自然。

《箴言与省察》

逃避这个世界，再没有比从事艺术更可靠的途径；而要想与世界紧密相关，也没有比艺术更有把握的途径。

《格言和感想集》

写小题材的优点正在于你只须描绘你所熟悉的事物。至于写大部头的诗，情况却不同。那就不免要把各个部分都按计划编织成为一个完整体，而且还要描绘得唯妙唯肖。可是在青年时代对事物的认识不免片面，而大部头作品却要有多方面的广博知识，人们就在这一点上要跌跤。

《歌德谈话录》

我劝你暂时搁起一切大题目。你挣扎这么久了，现在是你过爽朗愉快生活的时候了。写小题材是最好的途径。

《歌德谈话录》

作家如果满足于一般，任何人都可以照样模仿；但是如果写出个别特殊，旁人就无法模仿，因为没有亲身体验过。你也不用担心个别特殊引不起同情共鸣。每种人物性格，不管多么个别特殊，每一件描绘出来的东西，从顽石到人，都有些普遍性；因此各种现象都经常复现，世间没有任何东西只出现一次。

《歌德谈话录》

还有什么比题材更重要呢？离开题材还有什么艺术学呢？如果题材不适合，一切才能都会浪费掉。正是因为近代艺术家们缺乏有价值的题材，近代艺术全都走上了邪路。我们大家全都在这方面吃过亏；我自己也无法否定我的近代性。

《歌德谈话录》

艺术与科学和行为与实践是相同的，再也没有比据实捕捉对象，自然地处理对象更重要的了。

《箴言与省察》

诗人与艺术家们为了得到多样化、完美、丰富的作品种类，自己必须不厌其烦地一而再、再而三地注意观察将要处理的对象。一旦忽略了这个步骤，其他所有的努力也将付诸流水，韵律、脚步、彩笔的笔触、凿刀的深度，也全部都成了无谓的浪费。即使运用巧妙的润色，在一瞬间骗着了敏锐的鉴赏家，但是却会忽然地感觉到，所有错误的病源是出自精神上的空虚。

《箴言与省察》

如果我们根据艺术是对自然的模仿就因而小看它，那就可以这样地来回答：自然也是在模仿许许多多别的事物。再说，艺术并不能确切地模拟眼睛所能看到的那些东西，它只不过是回复到自然所赖以构成并按其行动的那个理性因素上去罢了。

《格言和感想集》

不要说艺术家只是造形！
你的诗也只是苟延残喘罢了！

《诗集》

每个重要的有才能的剧作家都不能不注意莎士比亚，都不能不研究他。一研究他，就会认识到莎士比亚已把全部人性的各种倾向，无论在高度上还是在深度上，都描写得竭尽无余了，后来的人就无事可做了。只要心悦诚服地认识到已经有一个深不可测、高不可攀

195

的优异作家在那里，谁还有勇气提笔呢！

《歌德谈话录》

　　我像鹈鹕一样，是用自己的心血把那部作品（指《少年维特之烦恼》——编者注）哺育出来的。其中有大量的出自我自己心胸中的东西、大量的情感和思想，足够写一部比此书长十倍的长篇小说。我经常说，自从此书出版之后，我只重读过一遍，我当心以后不要再读它，它简直是一堆火箭弹！一看到它，我心里就感到不自在，深怕重新感到当初产生这部作品时那种病态心情。

《歌德谈话录》

　　你说得对，不同的诗的形式会产生奥妙的巨大效果。如果有人把我在罗马写的一些挽歌体诗的内容用拜伦在《唐·璜》里所用的语调和音律翻译出来，通体就必然显得是靡靡之音了。

《歌德谈话录》

　　一般说来，我总是先对描绘我的内心世界感到喜悦，然后才认识到外在世界。但是到了我在实际生活中发现世界确实就像我原来所想象的，我就不免生厌，再没有兴致去描绘它了。我可以说，如果我要等到我认识了世界才去描绘它，我的描绘就会变成开玩笑了。

《歌德谈话录》

　　在每个人物性格中都有一种必然性，一种承续关系，和这个或那个基本性格特征结合在一起，就出现某种次要特征。这一点是感性接触就足以令人认识到的，但是对于某些个别的人来说，这种认识可能是天生的。我不想追究在我自己身上经验和天生的东西是否结合在一起。但是我知道这一点：如果我和一个人谈过一刻钟的话，我〔在作品中〕就能让他说上两个钟头。

《歌德谈话录》

《浮士德》里没有哪一行诗不带着仔细深入研究世界与生活的明确标志，读者也丝毫不怀疑那整部诗只是最丰富的经验的结果。

《歌德谈话录》

有些高明人不会临时应差写出肤浅的东西，他们的本性要求对他们要写的题目安安静静地进行深入的研究。这种人往往使我们感到不耐烦，我们不能从他们手里得到马上就要用的东西。但是只有这条路才能导致登峰造极。

《歌德谈话录》

一般说来，作者个人的人格比他作为艺术家的才能对听众要起更大的影响。拿破仑谈到高乃依时说过："假如他还活着，我要封他为王！"——拿破仑并没有读过高乃依的作品。他倒是读过拉辛的作品，却没有说要封他为王。拉封丹也受法国人的高度崇敬，但并不是因为他的诗的优点，而是因为他在作品中所表现的人格的伟大。

《歌德谈话录》

对情境的生动情感加上把它表现出来的本领，这就形成诗人了。

《歌德谈话录》

　　我如果不曾通过科学研究来考察这类人，就绝不会看出他们多么卑鄙，多么不关心真正伟大的目标。可是通过研究，我看出多数人讲学问只是把它看作饭碗，他们甚至奉谬误为神圣，借此谋生。

《歌德谈话录》

　　他太丰富，太雄壮了。一个创作家每年只应读一种莎士比亚的剧本，否则他的创作才能就会被莎士比亚压垮。我通过写《葛兹·冯·伯利欣根》和《哀格蒙特》来摆脱莎士比亚，我做得对；拜伦不过分地崇敬莎士比亚而走他自己的道路，他也做得很对。有多少卓越的德国作家没有让莎士比亚和卡尔德隆压垮呢！

《歌德谈话录》

　　一个人如果想学歌唱，他的自然音域以内的一切音对他是容易的，至于他的音域以外的那些音，起初对他却是非常困难的。但是他既想成为一个歌手，他就必须克服那些困难的音，因为他必须能够驾驭它们。就诗人来说，也是如此。要是他只能表达他自己的那一点主观情绪，他还算不上什么；但是一旦能掌握住世界而且能把它表达出来，他就是一个诗人了。此后他就有写不尽的材料，而且能写出经常是新鲜的东西，至于主观诗人，却很快就把他的内心生活的那一点材料用完，而且终于陷入习套作风了。

《歌德谈话录》

　　莎士比亚所写的剧本全是吐自衷曲，而且他的时代以及当时舞台的布置对他也没有提出什么要求，人们满足于莎士比亚拿给他们的东西。假如他是为马德里宫廷或是路易十四的剧院而写作的，他也许要适应一种较严格的戏剧形式。但是也没有什么可惜的，因为莎士比亚作为戏剧体诗人，就我们看虽有所损失，而作为一般诗体诗人却得了好处。莎士比亚是一个伟大的心理学家，从他的剧本中我们可以学会懂得人类的思想感情。

《歌德谈话录》

我佩服法国人。他们的诗从来不离开现实世界这个牢固基础。我们可以把他们的诗译成散文，把本质性的东西都保留住。

《歌德谈话录》

我想向你说明一下理由。我写那些作品时是和画家一样进行工作的。画家画某些对象时常把某种颜色冲淡，画另一些对象时常把某种颜色加浓。例如画早晨的风景，他就在调色板上多放一些绿色颜料，少放一些黄色颜料；画晚景，他就多用黄色，几乎不用绿色。我用同样的方法进行文学创作，让每篇各有不同的性格，就可以感动人。

《歌德谈话录》

我观察自然，从来想不到要用它来做诗。但是由于我早年练习过风景素描，后来又进行一些自然科学的研究，我逐渐学会熟悉自然，就连一些最微小的细节也熟记在心里。所以等到我作为诗人要运用自然景物时，它们就随召随到，我不易犯违反事实真相的错误。席勒就没有这种观察自然的本领。他在《威廉·退尔》那部剧本里所用的瑞士地方色彩都是我告诉他的。但是席勒的智力是惊人的，听到我的描述之后，马上就用上了，还显得很真实。

《歌德谈话录》

"席勒特有的创作才能是在理想方面，可以说，在德国或外国文学界很少有人能比得上他。他具有拜伦的一切优点，不过拜伦认识世界要比席勒胜一筹。我倒想看见席勒在世时读到拜伦的作品，想知道席勒对于拜伦这样一个在精神上和他自己一致的人会怎样评论。席勒在世时拜伦是否已有作品出版了？"

《歌德谈话录》

"这些歌都很完美，在这种体裁中算得上第一流的，特别是每章中的叠句用得好。对于歌这种体裁来说，如果没有叠句，就不免太严肃、太精巧、太简练了。贝朗瑞经常使我想到贺拉斯和哈菲兹，这两人也是超然站在各自时代之上，用讽刺和游戏的态度揭露风俗的腐朽。贝朗瑞对他的环境也抱着同样的态度。但是因为他属于下层阶级，对淫荡和庸俗不但不那么痛恨，而且还带着一些偏向。"

《歌德谈话录》

"我愈来愈深信，诗是人类的共同财产。诗随时随地由成百上千的人创作出来。这个诗人比那个诗人写得好一点，在水面上浮游得久一点，不过如此罢了。马提森先生①不能自视为唯一的诗人，我也不能自视为唯一的诗人。每个人都应该对自己说，诗的才能并不那样稀罕，任何人都不应该因为自己写过一首好诗就觉得自己了不起。不过说句实在话，我们德国人如果不跳开周围环境的小圈子朝外面

---

① 马提森（Mathisson，1761-1851）是和歌德同时代的德国抒情诗人。

看一看，我们就会陷入上面说的那种学究气的昏头昏脑。所以我喜欢环视四周的外国民族情况，我也劝每个人都这么办。民族文学在现代算不了很大的一回事，世界文学①的时代已快来临了。

《歌德谈话录》

"你得当心，不要写大部头作品。许多既有才智而又认真努力的作家正是在贪图写大部头作品上吃亏受苦，我在这一点上也吃过苦头，认识到它对我有多大害处。我扔到流水里去的作诗计划不知有多少哩！如果我把可写的都写了，写上一百卷也写不完。"

《歌德谈话录》

重要的是，我发表的一切，只是重大告白的片断而已。

《歌德谈话录》

批评某个国民时，只能针对那国民的所作所为及他写的书发表评论，其他的东西皆不属于批评范围以内。这种作风在所有的时代应该都是相同的。

《箴言与省察》

所有东西都退步衰化的时代，就表示主观意识高涨。相反地，所有东西都进步的时代，就显示出客观的倾向。我们身处的这个时代，完全在退步之中，那是因为主观意识高涨的结果。各位不但在

---

① 歌德在这里提出"世界文学"，比马克思、恩格斯在《共产党宣言》里提出这个名词恰恰早二十年。基本的区别在于歌德从唯心的普遍人性论出发，而马克思主义创始人则从经济和世界市场的观点出发。

文学中可以看到这种情形，甚至在绘画及其他方面，都可以明显地看出来。正如你所见，所有完美的努力，可以让我们宛如置身于真正具备各种不断进步的客观性质的伟大时代里，并使我们由内迈向外面的世界。

《歌德谈话录》

如果拿作家与百科全书相比的话，那么这个作家就全然没有其存在的价值了。

《箴言与省察》

现实生活应该有表现的权利。诗人由日常现实生活触动起来的思想情感都要求表现，而且也应该得到表现。可是如果你脑子里老在想着写一部大部头的作品，此外一切都得靠边站，一切思虑都得推开，这样就要丧失掉生活本身的乐趣。为着把各部分安排成为融贯完美的巨大整体，就得使用和消耗巨大精力；为着把作品表达于妥当的流利语言，又要费大力而且还要有安静的生活环境。倘若你在整体上安排不妥当，你的精力就白费了。还不仅此，倘若你在处理那样庞大的题材时没有完全掌握住细节，整体也就会有瑕疵，会受到指责。这样，作者尽管付出了辛勤的劳力和牺牲，结果所获得的也不过是困倦和精力的瘫痪。反之，如果作者每天都抓住现实生活，经常以新鲜的心情来处理眼前事物，他就总可以写出一点好作品，即使偶尔不成功，也不会有多大损失。

《歌德谈话录》

我国多数年轻作者的缺点，就是他们重视主观性且找不到客观

性的材料，他们充其量只能找些类似自己又符合自己主观的材料。即使当主观意识与材料完全相反，而且只是属于诗词性的材料，他们也不认为应该为材料本身包容的意义而选择它。

《歌德谈话录》

世界是广大而丰足的，人生也是多彩多姿的。所以，根本不会发生作诗时动机不足的现象。但是，诗可全部都是机会诗。也就是说，现实一定会为诗带来动机与材料，即使是一件特殊事件，诗人也可以将它处理后，变成一首普通的诗。我的诗全部都属于机会诗。有的由现实所触发的灵感，有的则是以现实作基础。但是，我不尊重捏造出来的诗。

《歌德谈话录》

所有的言辞都不会静止，它们经常从最开始使用的场所中移动出来。——从上到下、从善到恶、从宽到狭，言辞总是不停地流动，所以概念也会随着言辞而动。

《箴言与省察》

"拉斐尔和他的同时代人是冲破一种受拘束的习套作风而回到自然和自由的。而现在画家们却不感谢他们，不利用他们所提供的便利，沿着顶好的道路前进，反而又回到拘束狭隘的老路。这太糟了，我们很难理解他们的头脑竟会冲昏到这种地步。他们既走上了这条路，就不能从艺术本身获得支撑力，于是设法从宗教和党派方面去找这种支撑力。没有这两种东西，他们就软弱到简直连站都站不住了。"

《歌德谈话录》

自然赐给人类花；艺术编织美丽的花环。

《诗集》

对所有的艺术而言，自然是源源不息之泉。即使泉水看不见它自己最完美的形态，但是那绝对是毫无缺点的创作。自然真的是取之不竭，在它转移的形态中，已真实地描绘出生动活泼的朝气。

《箴言与省察》

若说文学堕落了，那只不过是堕落到人类堕落的程度而已。

《箴言与省察》

歌

德

歌德年谱

公元纪年	年龄	记　　事
1749		8 月 28 日，诞生于缅茵河畔的法兰克福市。
1757	8	献给外祖父母新年之诗。
1759	10	第一次看见法国的戏剧。
1762	13	在生日时，献给父母自己创作的诗集。
1763	14	与少女葛莉多芙恋爱。
1765	16	十月进入莱比锡大学法律系。
1766	17	与歌蒂·谢可芙相爱。发表诗《周游基督教地狱的感想》、诗集《阿尼特》。
1768	19	参观托勒斯汀画廊。七月时，严重发病大量吐血，9 月返乡。发表作品：牧人剧《恋人的朝三暮四》、喜剧《同罪者》。

公元纪年	年龄	记　事
1769	20	春，病情好转。与虔诚的克丽汀贝小姐交往，并接近虔诚主义。研究中世纪神秘主义。《莱比锡小曲集》出版。
1770	21	4月转入史特拉斯布鲁克大学，继续攻读法律，涉及多方面知识。9月，巧遇来此地的赫特。10月与牧师的女儿弗莉德莉克恋爱。
1771	22	8月，完成法学系毕业考试，获得学位。与弗莉德莉克分手。处女作《新歌》再版。
1772	23	5月至9月，在德威斯勒的帝国高等法院实习。认识了凯斯多纳，并且爱上他的未婚妻夏绿蒂。完成论文《德国建筑》、诗集《旅人暴风雨之歌》等抒情诗。
1773	24	戏曲《铁手葛斯·芬·贝利兴根》等发表。
1774	25	1月，与马克喜米莉亚·普兰特诺结婚。发表小说《少年维特之烦恼》、悲剧《克拉威葛》《永远的犹太人》片断、诗《德烈之王》等。
1775	26	4月，与莉莉·谢内曼定下婚约。9月，决心与莉莉解除婚约。戏剧《舒提拉》、诗《新爱·新生》《莉莉的花园》等发表。
1776	27	戏剧《兄妹》、诗《汉斯·萨克斯的使命》《旅人的夜歌》《不停止的爱》等发表。
1777	28	一人剧《普洛杰毕纳》，诗《冬游哈路斯》《近月》等发表。

公元纪年	年龄	记　　事
1778	29	诗《渔夫》《人类的界限》等发表。
1779	30	1月，被委任为军事委员会与道路建设委员会的长官。9月，担任正枢密评议员。《伊凡歌尼》散文稿，歌剧《叶利与贝得利》、诗《水上的灵魂之歌》等。
1780	31	1月，从瑞士旅行回来，7月，在威玛大公及葛特公子前朗读《浮士德》初稿。9月，写成《旅人的夜歌》。戏剧《鸟》发表。
1781	32	夏，从事伊尔美纳矿的工作，并研究矿物学与解剖学。9月，经由莱比锡到迪萨旅行。发表歌剧《渔夫之女》，诗《夜想》《酒杯》等。
1782	33	5月，父去世。6月搬迁。受封贵族的称号，并接任财政局长官，同时从事地质学的研究。诗《献身孤独者》《魔王》发表。
1783	34	秋，到哈路斯、葛庭原、卡歇尔旅行。诗《歌者》《含泪无法进食者……》，歌剧片断《艾尔贝诺尔》，论文《自然》等发表。
1784	35	研究骨学。论文《颚间骨记事》《花岗岩》，歌剧《谐谑·诡计·复辟》，诗《君知……》等发表。
1785	36	研究植物学。开始学意大利语。《威尔瀚·麦斯提尔的演剧使命》、诗《憧憬者的鸿沟……》发表。

公元纪年	年龄	记　　事
1786	37	10月进入罗马，停留在朋友德国画家提修伯家中。12月完成《伊凡歌尼的韵文稿》。
1787	38	戏剧《伊凡歌尼》出版。悲剧《纳马纪卡》发表。
1789	40	8月《达梭》完成。12月长子诞生。
1790	41	担任有关学问、艺术诸官衙的监督。研究色彩学、植物学、解剖学。戏剧《达梭》发行。《浮士德·片断》，诗《罗马哀歌》《威加内短诗》，论文《植物的变形论》等发表。
1791	42	被任命为魏玛宫廷剧场的监督。戏曲《大可福特》发表。
1792	43	8月，由于德法战争，与魏玛大公的普洛西亚军出征。研究色彩学，并研究康德的哲学。发表小说片断《美葛布拉翁儿子们之旅》。
1793	44	发表作品有叙事诗《莱纳克之孤》、喜剧《市民将军》、政治性戏曲《激昂的人们》等。
1794	45	发表《威廉·麦斯特·学习时代》。
1795	46	小说《德国难民的谈话》《普洛美斯的解放》片断、论文《文学上的暴力主义》等发表。
1796	47	1月，翻译居里尼（十六世纪意大利的雕刻家、文学家）的自传。诗《亚里克西斯与朵拉》、讽刺诗集《克社宁》等发表。

公元纪年	年龄	记　事
1797	48	叙事诗《荷曼与多萝蒂亚》、故事诗《挖宝》《可林特的新娘》《神与游女》《魔法使者的弟子》等发表。
1798	49	从事色彩学及其历史的工作与《浮士德》的工作。发表《浮士德》中的《舞台的前戏》《天上的序曲》《瓦尔布鲁吉斯夜之爱》，诗《拔奇斯的预言》等。
1799	50	发表叙事诗片断《阿雷斯》，诗《谬斯之子》等。
1800	51	1月，《马赫美德》上演。6月，锡勒的《玛莉亚·舒特阿尔德》上演。发表《普洛皮雷恩》、戏曲《巴雷尔布朗与尼尔得贝》，诗《譬喻》《梭尼特》等。
1801	52	1月，罹患颜面丹毒，一时病态严重。夏，与子作病后修养。发表《浮士德》中的《市门之外》《瓦尔布鲁吉斯之夜》、诗《早到之春》等。
1802	53	发表诗《自我欺骗》《幸福的夫妇》等。
1803	54	发表悲剧《庶出之女》、诗《泪中的安慰》。
1804	55	翻译底德洛的《拉魔之甥》、评论《伟恩歌尔曼与其世纪》等发表。
1805	56	1月生病，肾脏疝痛。5月病愈。发表诗《席勒〈钟〉之尾声》。
1806	57	《浮士德》第一部完成。诗《动物变形》发表。

歌

德

公元纪年	年龄	记　　事
1807	58	诗《索尼特》发表。
1808	59	《浮士德》第一部出版。小说《漂泊的痴女》、庆祝剧《帕得拉》《瑞士游记》发表。
1809	60	研究古代德国文学。发表《亲和力》小说。诗《地安娜·杰布斯》等。
1810	61	研究古代德国建筑。发表论文《色彩学》第一部，诗《释明》等。
1811	62	《诗与真实》第一部发表。
1812	63	辞去利玛秘书，喜剧《赌》《诗与真实》第二部发表。
1813	64	诗《诚实的艾卡尔德》《观察》等发表。
1814	65	写作《西东诗集》。《西东诗集》中的部分诗，庆祝剧《爱比美尼提斯的觉醒》《诗与真实》第三部发表。
1815	66	3月，《爱比美尼提斯》上演。12月，担任国务大臣。小说《核桃色的女孩》、论文《德国剧场》、诗《喜悦与痛苦》等。
1816	67	1月，接受大鹰十字勋章。童话《新美尔纪纳》、游记《意大利游记》第一部，诗《艺术家之歌》等发表。
1817	68	被免除剧场监督的职务。小说《五十岁的男人》《意大利游记》第二部发表。

公元纪年	年龄	记　事
1818	69	寓言《狐和鹤》、诗《伪装的队伍》《夜半时刻》等发表。
1819	70	《西东诗集》出版。
1820	71	研究荷马。诗《泽明·克社宁》之二发表。
1821	72	小说《威廉·麦斯特·遍历时代》第一卷，诗《帕利亚》《一人与万象》《泽明·克社宁》之三等发表。
1822	73	《法国从军记》《围攻缅茵滋斯》、诗《艾尔斯的竖琴》等发表。
1823	74	春患心囊炎。3月，为庆祝歌德痊愈，上演《达梭》。6月，艾克曼来访，并成为歌德的秘书。诗《马伦巴的悲歌》《泽明·克社宁》之四~六等发表。
1824	75	发表《与拜伦的关系》《拜伦的追忆》，诗《威尔提尔》等。
1825	76	9月，庆祝魏玛大公在位五十年。11月，庆祝歌德就职五十年。
1826	77	阅读但丁。小说《短篇》，诗《看见席勒的头盖骨》发表。
1827	78	诗《泽明·克社宁》之七~九等发表。
1828	79	11月，《浮士德》在巴黎上演。《与席勒的往返书信》、诗《新郎》等发表。

歌德

公元纪年	年龄	记　　事
1829	80	1月，《浮士德》在布朗舒维克上演。8月，《浮士德》首次在威玛剧场上演。小说《威廉·麦斯特·遍历时代》，游记《意大利游记》等三部、诗《遗言》发表。
1830	81	11月，吐血。自传《曰年志》，评论卡莱尔的《席勒传》，诗《回忆》《譬喻》等发表。
1831	82	1月，写遗书。5月，委托艾克曼出版遗稿。8月，完成《浮士德》第二部。10月，完成《诗与真实》第四部并发表。
1832	83	2月，到庭园之家。3月14日，最后一次散步。3月16日，卧病。17日，写信给凡玻尔德，内容有关《浮士德》。22日上午11点半，与世长辞。葬在魏玛公爵的墓地，生前好友席勒也葬在该地。